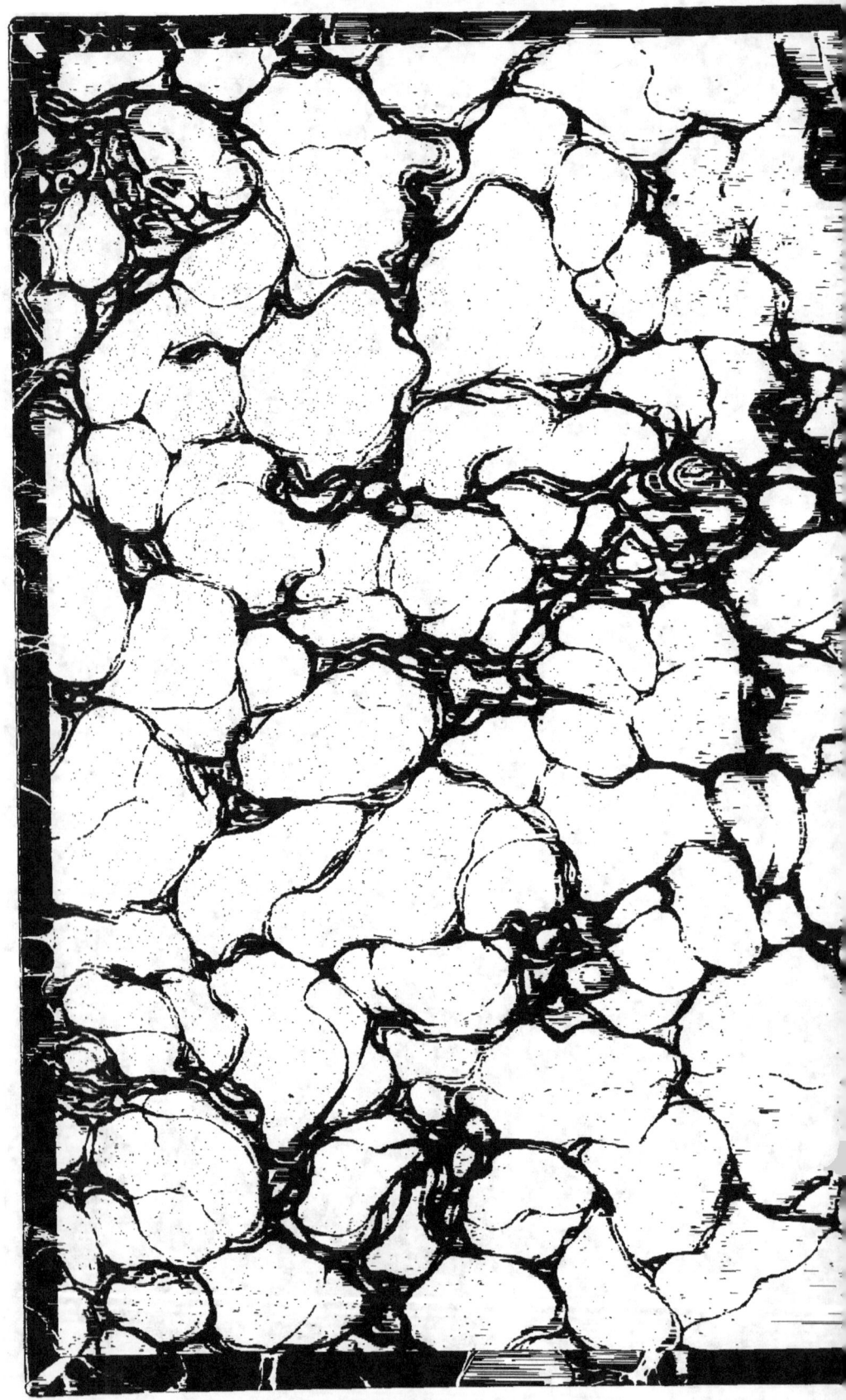

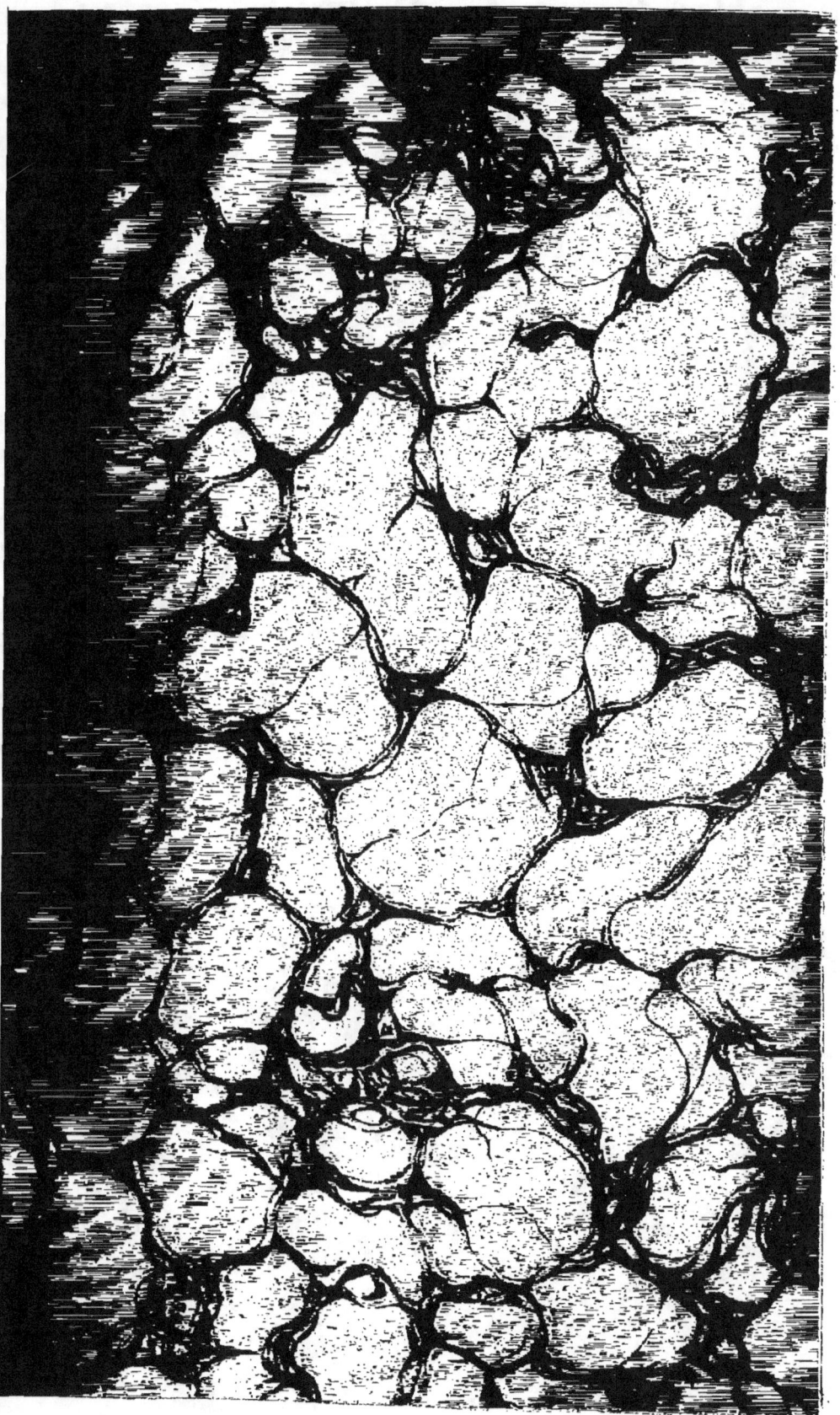

SOCIÉTÉ
DE L'HISTOIRE DE L'ART FRANÇAIS

L'ENSEIGNE DE GERSAINT

PAR

PAUL ALFASSA

PARIS

JEAN SCHEMIT

LIBRAIRE DE LA SOCIÉTÉ DE L'HISTOIRE DE L'ART FRANÇAIS

52, RUE LAFFITTE

1910

A Monsieur,

respectueux hommage

P. Alfara

SOCIÉTÉ

DE L'HISTOIRE DE L'ART FRANÇAIS

———◆◆———

L'ENSEIGNE DE GERSAINT

PAR

PAUL ALFASSA

PARIS

JEAN SCHEMIT

LIBRAIRE DE LA SOCIÉTÉ DE L'HISTOIRE DE L'ART FRANÇAIS

52, RUE LAFFITTE

1910

L'ENSEIGNE DE GERSAINT[1]

Messieurs,

Vous savez tous que Watteau, à la fin de sa vie, peignit pour son ami Gersaint, marchand de tableaux sur le pont Notre-Dame, une enseigne dont la composition nous a été conservée par l'estampe d'Aveline. Vous savez que deux collections se disputent l'honneur de posséder tout ou partie de cette *Enseigne* fameuse; d'une part, le Palais royal de Berlin renferme un grand tableau en deux morceaux qui, s'il ne répond pas exactement aux proportions de la gravure, en reproduit du moins les deux groupes; d'autre part, une collection parisienne, celle de M. Léon Michel-Lévy, renferme un fragment important où figure un seul des deux groupes, celui où l'on voit des commis occupés à emballer des tableaux.

On a beaucoup écrit, — trop peut-être, — sur l'*Enseigne*, et j'ai hésité à grossir la littérature qu'elle a déjà fait naître[2]. En effet, si singulier que cela puisse paraître

1. Communication faite, le 8 avril 1910, à la Société de l'histoire de l'Art français. — On trouvera plus loin les reproductions de l'*Enseigne* de Berlin, de la copie de Pater et de la gravure d'Aveline. La Société regrette de ne pas pouvoir y joindre le fragment de Paris, M. Michel-Lévy ayant formellement refusé son autorisation. Cette peinture a été reproduite dans les articles des *Arts* (mai 1902, p. 10) et de la *Gazette des beaux-arts* (1909, t. II, p. 209 et 307), articles favorables à la thèse de M. Michel-Lévy.   [N. D. L. R.]

2. Je ne veux pas faire une bibliographie complète qui m'amènerait à citer presque toutes les études consacrées à Watteau : les travaux qui contiennent quelque remarque importante pour le sujet traité ici seront signalés au cours de cette notice. Je me borne à indiquer les principaux articles de revue ou de journal où la question de l'*Enseigne* a été spécialement

à ceux qui ont coutume de ne procéder que par affir-
mation, je n'apporte pas la solution définitive d'un problème dont certains points demeurent et demeureront sans
doute obscurs. Mais on a écrit bien des choses inexactes
mêlées de vérité; on a avancé des preuves que la plupart
des gens n'ont pas le loisir de vérifier; tout cela est de
nature à jeter le trouble dans les esprits les moins préve-
nus. Il m'a paru, et il a paru à la Société de l'Histoire de
l'Art français, qu'il ne fallait pas négliger de « remettre au
point » une question où se trouve intéressé un des plus
admirables chefs-d'œuvre de notre art, et de fournir ainsi
aux recherches futures une base solide.

Je crois nécessaire, devant la confusion qui règne dans
la question, d'en reprendre tous les détails et de ne rien
laisser dans l'ombre. Je vous exposerai d'abord ce que
nous savons de l'exécution de l'*Enseigne* par Watteau.
Je vous parlerai de la copie, due, selon toute vraisemblance, à Pater, qui se trouve aujourd'hui dans la collection de M. Edgar Stern, et de la gravure d'Aveline. Puis
j'examinerai l'histoire du tableau de Berlin et celle du
fragment de Paris. Je discuterai de mon mieux les titres
qu'on fait valoir en faveur de l'un ou de l'autre. Vous
jugerez de la valeur de ces titres. Je serai forcément

discutée. En faveur du tableau de la collection Michel-Lévy,
voir : Arsène Alexandre, *les Arts*, 1902, n° 4, p. 10, et, aussi,
le Figaro, 6 mars 1910; Louis Vauxcelles, *Gazette des beaux-
arts*, 1909, 4ᵉ pér., t. II, p. 209 et 307; Gustave Babin, *l'Illustration*,
12 janvier 1910; Armand Dayot, *le Matin*, 1ᵉʳ mars 1910 (voir
aussi les nᵒˢ des 5 et 6 mars); Gabriel Mourey, *Revue de Paris*,
1ᵉʳ avril 1910, p. 569. En faveur du tableau de la collection
impériale, voir : Laban, *Jahrbuch der Königlichen preussis-
chen Kunstsammlungen*, 1900, p. 54; Pierre Marcel, *Chronique
des Arts*, 1909, p. 161; Jean Guiffrey, *Ibid.*, 1910, p. 85 (12 mars);
Alvin-Beaumont, *le Journal*, 28 mars 1910; Paul Seidel, *Amtliche Berichte aus den Königlichen Kunstsammlungen*, avril
1910, p. 169). — Au moment où je recevais les premières
épreuves de ce travail, M. Paul Leprieur, conservateur au
Musée du Louvre, a publié dans le *Journal des Débats* (24 avril)
un excellent article où il arrive à des conclusions analogues
aux miennes.

amené à formuler des conclusions, mais elles ne sauraient vous tromper, puisque tous les faits auront été exposés et discutés devant vous. J'aurai l'occasion de vous parler de la manière dont ces tableaux sont peints, et je me rends bien compte de ce qu'il y a de subjectif dans de pareils renseignements. Je veux du moins vous dire que je n'en parlerai pas à la légère. Par une circonstance favorable, je me suis trouvé à Londres quinze jours avant d'aller à Berlin ; j'y ai vu ou revu, à la Grafton Gallery, au South-Kensington et surtout à la galerie Wallace, un grand nombre de Watteau, de Lancret et de Pater. Depuis mon retour à Paris, j'ai regardé avec soin tout ce que j'ai pu trouver de ces peintres au Louvre, à Chantilly, dans diverses collections privées. J'ai donc étudié dans l'espace de six semaines, non seulement les « pièces du procès », mais un grand nombre de « pièces de comparaison ».

Il est à peine besoin d'ajouter, dans une Société du caractère de la vôtre, que je n'apporte ici qu'une étude historique et critique, sans autre préoccupation : je ne parle pour ni contre qui que ce soit ; je n'ai, en particulier, aucun désir de désobliger M. Michel-Lévy, qui m'a accueilli avec une parfaite bonne grâce, lorsque, par scrupule d'historien, j'ai souhaité de revoir son tableau. Il n'y a pas, dans cette affaire, de question de personnes ; il y a des œuvres, qui ont été exposées et maintes fois reproduites, des documents qui ont été publiés et sur lesquels tout le monde est en droit de donner son avis. Watteau et son *Enseigne* appartiennent à l'histoire. Aussi bien, ce sont les partisans du tableau de Paris qui ont ouvert jadis la discussion, ce sont eux qui l'ont reprise dernièrement ; ils ne sauraient trouver mauvais qu'on examine leurs arguments.

I

Ce que nous savons de l'exécution de l'*Enseigne* par Watteau nous est rapporté par Gersaint lui-même. En 1744, Gersaint fut chargé de rédiger le catalogue de la vente après décès d'un amateur, M. Quentin de Lorangère, dont la collection comprenait, entre autres choses, un très grand nombre de gravures[1]. En tête de l'œuvre gravé de chaque maître, Gersaint a placé une notice biographique plus ou moins longue. Sous le n° 94 figure un *Œuvre d'Antoine Watteau* en trois volumes in-folio, très complet (il comprenait 621 pièces). « J'ai vécu assez longtems avec Watteau, écrit Gersaint en tête de sa notice, et nous étions assez amis pour avoir appris quelques particularités dont je ferai part au Public avec plaisir. » J'extrais de la biographie qui suit tout ce qui se rapporte à l'*Enseigne*. Après avoir dit que Watteau fit, en 1720, un voyage en Angleterre dont sa santé fut fort éprouvée, il ajoute :

A son retour à Paris, qui étoit en 1721, dans les premieres années de mon établissement, il vint chez moi me demander si je voulois bien le recevoir, et lui permettre, *pour se dégourdir les doigts*, ce sont ses termes, si je voulois bien, dis-je, lui permettre de peindre un plafond que je devois exposer en dehors; j'eus quelque répugnance à le satisfaire, aimant beaucoup mieux l'occuper à quelque chose de plus solide; mais voyant que cela lui feroit plaisir, j'y consentis. L'on sçait la réussite qu'eut ce morceau; le tout étoit fait d'après nature; les attitudes en étoient si vraies et si aisées; l'ordonnance si naturelle; les groupes si bien entendus, qu'il attiroit les yeux des passans; et même les plus habiles Peintres vinrent à plusieurs fois pour l'admirer : ce fut le travail de huit journées, encore n'y travailloit-il que les matins, sa santé délicate, ou pour mieux dire, sa foiblesse, ne lui permettant pas de s'occuper plus long-tems. C'est le seul ouvrage qui ait un peu aiguisé son amour propre; il ne fit point difficulté de me l'avouer. M. de Julienne le possède actuellement dans son cabinet, et il a été gravé par ses soins[2].

Ce témoignage de Gersaint mérite toute confiance, quant au fond. Mais Gersaint écrivait vingt-trois ans après la mort de Watteau. D'aussi lointains souvenirs peuvent

1. La vente eut lieu le lundi 2 mars et jours suivants, dans la salle des Grands-Augustins.
2. *Catalogue raisonné des diverses curiosités du cabinet de feu M. Quentin de Lorangère*, p. 183-184.

induire en erreur. Nous devons d'autant moins ajouter foi à tous les détails de son récit que nous le prenons en flagrant délit d'inexactitude. Il nous dit, en effet, que le retour de Watteau eut lieu en 1721, et il nous prouve lui-même qu'il se trompe en écrivant un peu plus loin :

La langueur dans laquelle il vivoit alors, occasionnée par un tempérament délicat et usé, lui firent appréhender, au bout de six mois, de m'incommoder, s'il restoit plus long-tems chez moi ; il me le témoigna, et me pria en même tems de lui chercher un logement convenable : j'aurois résisté inutilement ; il étoit volontaire, et il ne fallut pas répliquer ; je le satisfis donc, mais il ne jouït pas long-tems de cette nouvelle demeure ; sa maladie augmenta ; son ennui redoubla ; son inconstance se ranima ; il crut qu'il seroit beaucoup mieux à la campagne ; l'impatience s'en mêla, et enfin il ne devint tranquille que quand il apprit que M. Le Febvre, alors Intendant des Menus, lui avoit accordé dans sa maison de Nogent, au-dessus de Vincennes, une retraite, à la sollicitation de feu M. l'Abbé Haranger, Chanoine de Saint Germain de l'Auxerrois, son ami, je l'y conduisis, et j'allois le voir et le consoler tous les deux ou trois jours...
... Il mourut entre mes bras audit Nogent peu de tems après, le 18 juillet 1721, âgé de 37 ans [1].

Watteau resta donc six mois chez Gersaint, logea ensuite ailleurs, puis habita quelque temps à Nogent avant de mourir. Or, si même il était rentré d'Angleterre le 1er janvier 1721, il serait demeuré jusqu'au 1er juillet chez son ami, ce qui est impossible.

Nous voilà maintenant avertis que l'exactitude des renseignements de Gersaint n'est pas absolue. Nous ne sommes pas obligés de le croire à la lettre quand il nous dit que l'*Enseigne* fut le travail de huit matinées. Nous retiendrons seulement que Watteau la peignit très vite, de son propre mouvement, pour son plaisir, et qu'il fut content de son œuvre.

Je ne crois pas inutile d'insister sur la question de

---

1. *Catalogue raisonné des diverses curiosités du cabinet de feu M. Quentin de Lorangère*, p. 185-187.

date à laquelle je viens de toucher. Outre qu'on a coutume de donner à ce sujet des renseignements inexacts, — on lit encore dans plusieurs articles récents que Watteau rentra en France en 1721, — il y a intérêt à rechercher avec précision l'époque à laquelle Watteau a pu peindre l'*Enseigne*, pour se rendre compte si, malade comme il l'était, il a eu le temps d'exécuter avant sa mort une réplique de son tableau : on a émis, en effet, entre autres, l'hypothèse que l'*Enseigne* de Berlin serait une réplique de sa main. Cette discussion de date a été fort bien faite par M. de Fourcaud, dont je reprendrai le raisonnement en le précisant sur certains points [1].

Caylus nous dit expressément que Watteau partit pour l'Angleterre en 1719 et qu'il en revint « au bout d'un an environ » [2]. Le 20 septembre 1719, Watteau logeait encore avec Vleughels « sur les fossés Saint-Victor, dans la maison de M. Le Brun » [3], puisqu'à cette date Vleughels écrivait à la Rosalba, alors à Paris :

Un excellent homme, M. Wateau, duquel vous avez sans doute entendu parler, désire ardemment vous connoître. Il voudroit avoir le plus petit ouvrage de votre main, et en échange il vous enverroit quelque chose de lui, car il lui seroit impossible de vous en remettre la valeur... Il est mon ami, nous demeurons ensemble, et me prie de vous présenter ses plus humbles respects [4].

Mais évidemment Watteau n'attendit pas la réponse de la Vénitienne, puisqu'il ne la vit pas à cette époque, malgré le vif désir qu'il en témoignait. Pris d'un de ses

1. Voir *Antoine Watteau*, dans la *Revue de l'Art ancien et moderne* (1901), t. X, p. 166-172.

2. *Vie d'Antoine Watteau* (1748), publiée par les Goncourt dans *L'Art du XVIII* siècle *;* voir éd. in-12, t. I, p. 15-55.

3. L'adresse de Vleughels et celle de Watteau sont données par l'*Almanach royal* de 1718. La maison qu'ils habitaient existe encore : c'est le n° 49 de la rue du Cardinal-Lemoine.

4. Le fragment de lettre dont est tiré ce passage a été publié par Vianelli dans ses notes du *Diario* de Rosalba Carriera (Venise, 1793). Je le cite d'après la traduction française du *Diario* par Alfred Sensier (1854), p. 144.

accès d' « inconstance », comme dit Gersaint, il dut partir précipitamment. A la fin de 1719, il était en Angleterre : l'*Almanach royal* de 1720, dont le permis d'imprimer est du 22 décembre 1719, en fait foi. On lit dans la liste des membres de l'Académie royale de peinture et de sculpture : « Vatteau P.[eintre], est à Londres. »

Le 21 août 1720, il était de retour, puisqu'à cette date on lit dans le journal de la Rosalba : « Vu M. Vateau, et un Anglois' ». Je serais porté à croire qu'il revint environ un mois avant ce jour, pour le mariage de son ami Julienne, mariage célébré, non pas, comme on le dit ordinairement, le *9 mai*, mais le *22 juillet 1720*[1].

Deux lettres de Watteau à Julienne nous donnent des indications sur ce que Watteau devint dans les mois qui suivirent[2]. Elles sont datées l'une du 2 septembre, l'autre du 3 mai et ne portent pas de millésime ; mais comme elles parlent toutes deux de Mme de Julienne, elles ne peuvent être que du 2 septembre 1720 et du 3 mai 1721.

Celle du 2 septembre 1720, écrite de Paris, permet d'affirmer que Watteau travaillait à cette époque au *Rendez-vous de chasse*, aujourd'hui dans la collection Wallace, et qu'il employait ses journées autrement que ne le dit Gersaint : on y voit en effet qu'il dessinait le matin à la sanguine et qu'il peignait l'après-midi. Le

---

1. M. Albert Vuaflart, qui a réuni un grand nombre de documents sur M. de Julienne et sur ses parents les Glucq, m'a très obligeamment communiqué l'extrait des registres de la paroisse Saint-Eustache qui fixe cette date :

« 22 juillet 1720. — Mariage de Jean de Julienne, bourgeois de Paris, fils de feu Claude de Julienne et de dame Magdeleine Daniel, demeurant aux Gobelins, avec demoiselle Marie-Louise de Brécey, fille de Martin, écuyer, seigneur de la Septmondière, et de Françoise Bourdin » (Bibl. nat., ms. fr. 32587, fol. 69).

L'acte du 9 mai, sur lequel on s'est basé, est un contrat rédigé au moment des fiançailles.

2. Ces lettres ont été publiées in-extenso dans les *Archives de l'Art français* (1852-1853), t. II (documents), p. 208-213. Elles ont été reproduites par les Goncourt dans *L'Art du XVIIIe siècle*, éd. in-12, t. I, p. 42-44.

ton vif de la lettre indique d'ailleurs une assez bonne disposition :

... Je ne puis m'en cacher mais cette grande toile me resjouist et j'en attends quelque retour de satisfaction de vostre part et de celle de madame de Julienne qui aime aussi infiniment le sujet de la chasse, comme moi-mesme. Il a fallu que Gersaint m'ammenat le bon homme La Serre pour agrandir la toile au costé droit, où j'ai ajousté les chevaux dessous les arbres, car j'y éprouvois de la gesne depuys que j'y ai ajousté tout ce qui a esté décidé ainsi. Je pense reprendre ce costé là des lundi à midi passé, parce que des le matin je m'occupe des pensées à la sanguine [1]...

La lettre du 3 mai, écrite aussi de Paris, nous montre au contraire Watteau fort souffrant. Il se plaint de douleurs de tête qui l'empêchent de dormir ; il travaille peu. Il avait déjà été à Nogent, puisqu'il y avait fait des paysages :

... Vous me rendrez satisfait au delà de mon souhait, si vous venez me rendre visite d'ici à dimanche ; je vous montrerai quelques bagatelles comme les païsages de Nogent que vous estimez assez par cette raison que j'en fis les pensées en presence de madame de Julienne à qui je baise les mains très-respectueusement [2].

Voici donc comment j'imagine la vie de Watteau depuis son retour.

Descendu chez Gersaint après son arrivée, il y demeura environ six mois, c'est-à-dire jusque dans le courant de janvier. A la fin de 1720, il était encore chez son ami, puisqu'on lit dans l'*Almanach royal* : « Vatteau, P., sur le pont N. Dame, au Grand Monarque ». Le Grand Monarque n'était pas une auberge ; c'était, M. de Fourcaud l'a signalé le premier, la boutique de Gersaint. Cette boutique s'intitula plus tard : *A la pagode ;* mais, on ne peut douter qu'elle se soit appelée d'abord *Au Grand*

1. *Archives de l'Art français* (1852-1853), t. II (documents), p. 211-212.
2. *Loc. cit.*, p. 211.

ANTOINE WATTEAU. — L'ENSEIGNE DE GERSAINT.

Collection de S. M. l'empereur d'Allemagne

D'après une photographie, prise en Mars 1910, des deux morceaux retirés de leurs cadres et rapprochés.

Monarque, puisqu'il y a des estampes éditées par Gersaint qui portent cette adresse, notamment celle gravée par Moyreau d'après Watteau : « Du bel âge où les jeux remplissent vos désirs... »

Le 9 février 1721, quand Watteau reçut la Rosalba, il occupait sans doute le nouveau logement que Gersaint dit lui avoir trouvé. Le 3 mai, il était déjà allé à Nogent, soit pour y demeurer, soit pour reconnaître la maison qui était mise à sa disposition. Il dut s'y installer dans le courant de mai ou au début de juin.

Bref, jusque vers la mi-septembre 1720, le *Rendez-vous de chasse* l'occupait, et sa vie paraît avoir été autrement réglée qu'au moment où il travaillait à l'*Enseigne;* en janvier 1721, il quitta Gersaint. Il a dû peindre l'*Enseigne,* soit avant la fin d'août 1720, soit, ce qui me paraît plus probable, *entre la mi-septembre et la fin de décembre 1720 :* cette dernière époque s'accorde mieux avec l'ensemble des faits que je viens d'exposer ; et, d'autre part, l'étude des deux tableaux m'incline à croire que l'*Enseigne* a plutôt suivi que précédé le *Rendez-vous de chasse.*

Je ne vois, en tout cas, pas d'impossibilité matérielle à ce que, malgré sa mauvaise santé, Watteau ait exécuté une réplique de l'*Enseigne,* ce qui ne veut pas dire, d'ailleurs, qu'il l'ait fait. Nous aurons l'occasion de revenir sur ce point.

L'*Enseigne,* une fois terminée, fut exposée. Elle ne resta en montre que quinze jours. C'est le *Mercure* qui nous l'apprend : voici dans quelles conditions. Vous savez que Julienne a fait graver les peintures et les dessins de son ami : le recueil des peintures forme quatre volumes in-folio, celui des dessins deux volumes petit in-folio sous le titre de *Figures de différents caractères.* La publication des tableaux fut terminée en 1734. Mais les diverses planches parurent au fur et à mesure de leur exécution : le prospectus de l'ouvrage, relié en tête de l'exemplaire incomplet que possède le Département des imprimés à la Bibliothèque nationale, en donne la raison :

... Une entreprise aussi étendüe, et d'une aussi forte dépense, à laquelle le Roi a bien voulu accorder sa protection, auroit pu être proposée par souscription; mais la délicatesse qu'on a eüe de ne point prendre des engagemens, qu'il n'eût pas toujours été possible de remplir au temps marqué, par la difficulté de joüir des Graveurs, a fait qu'on a préféré de mettre au jour chacune de ces Estampes à mesure qu'elles ont été gravées[1]...

Le *Mercure* mentionnait ordinairement l'apparition de ces estampes. En mars 1732, il annonce qu'on grave l'*Enseigne;* en juillet, que la gravure va paraître[2]; en novembre, qu'elle a paru :

Il y a en vente chez la veuve *Chereau*, ruë S. Jacques, aux deux Pilliers d'Or, et chez *Surugues*, Graveur du Roy, ruë des Noyers, vis-à-vis S. Yves, deux Estampes, nouvellement gravées d'après les Tableaux de feu *Antoine Watteau;* l'une a pour titre : *Les agrémens de l'Été.* Ce Tableau est dans le Cabinet de M. Glucq, Conseiller au Parlement. L'autre est l'enseigne que Watteau peignit en arrivant de Londres en 1721 pour M. Gersain, son ami, Marchand de Tableaux et d'Estampes, sur le pont Notre-Dame.

Ce Morceau qui a 9 pieds 6 pouces de large, sur 5 pieds de

1. Le texte de ce prospectus a été publié par le *Mercure* en novembre 1734 (p. 2479-2482). On y lit que l'ouvrage « paroîtra dans sa perfection à la fin de la présente année 1734 ».

2. Mars 1732, p. 550 : « ... On continüe à graver sans relâche d'après plusieurs Tableaux de grande composition, du même Auteur, entr'autres le fameux enseigne qu'il fit pour M. Gersain, son ami, et qui fut exposé pour les curieux, pendant quelque temps, au pont Notre-Dame. » — Juillet 1732, p. 1609 : « ... Il va aussi paroître une grande Estampe, gravée d'après la fameuse enseigne que Watteau peignit en Plafond pour M. Gersain, son ami, sur le pont Notre-Dame, et qui fut regardée par tous les connoisseurs comme un des plus beaux Tableaux de ce grand Maître. Ce morceau est à présent dans le cabinet de M. de Jullienne. Il l'a fait graver à la suite de toute l'œuvre à laquelle il continüe depuis plus de douze années de faire travailler, par les plus habiles Graveurs du temps. » Mes recherches dans le *Mercure* ont été en partie facilitées par la table que M. E. Deville a rédigée pour le compte de M. Jacques Doucet et dont il a bien voulu me communiquer les bonnes feuilles.

haut, a toujours été regardé comme le Chef-d'œuvre de cet excellent Peintre. Il représente le Magazin d'un Marchand, qui est rempli de différens Tableaux des plus grands Maîtres; on y reconnoît le caractère et le goût de chacun de ces Maîtres.

Cette fameuse Enseigne ne fut exposée que quinze jours; elle fit l'admiration de tout Paris. Elle fut venduë à M. Glucq. On la voit à présent dans le cabinet de M. Jullienne, qui l'a fait graver pour la suite de l'œuvre, qu'il fait toujours continuer. On lit ces Vers au bas de l'Estampe :

> Watteau dans cette Enseigne à la fleur de ses ans,
>   Des maîtres de son art imite la maniere,
>   Leurs caracteres differens,
> Leurs touches et leur goût composent la matiere,
>   De ces Esquisses elegans.
> Que n'attendions-nous point de tant d'heureux Talens,
> Si le Ciel eut voulu prolonger sa carriere,
> Il auroit surpassé ses modeles charmans[1].

On dit habituellement que l'*Enseigne*, avant d'entrer chez Jullienne, passa chez M. Glucq de Saint-Port. Je ne sais d'où vient ce renseignement; le texte du *Mercure* nous donne à croire qu'il s'agit de M. Claude Glucq, conseiller au Parlement, et non de son frère, conseiller au Grand Conseil. Mon attention a été attirée sur ce fait par M. Vuaflart qui, comme je l'ai dit, a réuni un grand nombre de pièces d'archives sur les Jullienne et les Glucq et qui a bien voulu me donner le moyen de préciser les liens de parenté qui les unissaient.

Jean Glucq, Hollandais d'origine, avait fondé une teinturerie aux Gobelins. Il avait épousé une demoiselle Jullienne, et s'associa en 1674 avec son beau-frère François Jullienne. Mme Glucq avait un second frère, Claude Jullienne, dont Jean Jullienne, l'ami de Watteau, était fils. Jean Jullienne était donc le neveu de Jean Glucq et de François Jullienne. Ceux-ci le chargèrent de la direction de leur manufacture. Mais ce n'est qu'en 1721 qu'il leur succéda. Sa grande fortune ne date que du moment où la manufacture lui appartint; un passage de son testament, que M. Vuaflart m'a montré, en fait foi. Au moment

1. Novembre 1732, p. 2449.

où il connut Watteau, ce n'était donc qu'un jeune homme ayant, si je puis dire, une belle position et de belles espérances[1].

Au contraire, ses cousins germains, les deux fils de Jean Glucq, fondateur de la manufacture, Jean-Baptiste, seigneur de Saint-Port, conseiller du roi au Grand Conseil, et Claude, seigneur de Villequier, conseiller au Parlement de Paris, étaient très riches. C'est, comme on l'a vu, le second de ses cousins qui acheta l'*Enseigne* à Gersaint. Étant donnée la différence de situation et de fortune qu'il y avait entre lui et Jean Julienne, on peut croire, soit que celui-ci reçut de bonne heure l'*Enseigne* en présent ou en échange d'un autre tableau, soit qu'il l'acheta plus tard, aux environs de 1730, quand sa fortune avait déjà fort grossi.

Quoi qu'il en soit, l'*Enseigne* était chez Julienne en 1732. En février 1744, date où Gersaint rédigeait le catalogue Quentin de Lorangère[2], elle s'y trouvait encore.

En 1767, elle ne figurait pas à la vente de Julienne[3]. Il n'est pas non plus question d'elle dans son testament[4]; un seul Watteau est mentionné dans ce document, les *Plaisirs du bal* (aujourd'hui à Dulwich), qui avait appartenu au conseiller Glucq et que Julienne lègue, par clause spéciale, à M. de Montullé, son exécuteur testamentaire et l'un de ses héritiers[5].

1. Il ne fut anobli qu'en septembre 1736 (cf. d'Hozier, 1er registre, p. 314). Quand on lui donne la particule avant cette date, c'est par courtoisie.

2. Puisque la vente eut lieu le 2 mars.

3. La vente de Julienne eut lieu le 30 mars 1767 et jours suivants.

4. Le testament de Julienne est daté du 25 mai 1764. Il mourut le 20 mars 1766, dans sa quatre-vingtième année (il était né le 29 novembre 1686). Cf. abbé Gaston, *Une paroisse parisienne avant la Révolution. Saint-Hippolyte* (1908), p. 111. Il était paralytique depuis plusieurs années. Cf. Mariette, *Abecedario*, art. *Julienne*.

5. François de Montullé était fils de J.-B. de Montullé, conseiller au Parlement, et de Françoise Glucq, sœur de J.-B. et de Claude Glucq. C'était donc le cousin issu de germain de

J.-B. PATER d'après WATTEAU. — L'ENSEIGNE DE GERSAINT.

Collection de M. EDGAR STERN.

Que l'*Enseigne* soit sortie du cabinet de Julienne avant sa mort, cela n'a rien qui doive surprendre, puisqu'après avoir possédé un grand nombre de tableaux de Watteau, parmi lesquels les plus importants, il n'en avait plus, à sa mort, que huit. Dans l'œuvre gravé j'ai relevé trente-trois tableaux lui appartenant; Mariette dit qu'il les posséda presque tous[1].

Voilà donc la trace de l'*Enseigne* perdue.

Avant de tâcher à la retrouver, je crois intéressant d'attirer votre attention sur deux points du texte de Gersaint dans le catalogue Quentin de Lorangère. Vous vous en souvenez, il dit que tout dans l'*Enseigne* « était fait

Julienne. Il hérita de lui avec ses deux sœurs Mᵐᵉ de Montecler et la présidente d'Albertas. Il prit la direction de la manufacture, qui périclita entre ses mains.

1. *Abecedario*, t. VI, p. 105. — Voici la liste des tableaux dont la gravure porte qu'ils appartenaient à Julienne. Je l'ai dressée d'après le *Catalogue* de Goncourt; j'ai ajouté, lorsque je l'ai su, le lieu où les peintures se trouvent aujourd'hui : *le Pénitent, la Sainte-Famille* (Russie, Gatchina), *les Amusemens de Cythère, Louis XIV mettant le cordon bleu à Monsieur de Bourgogne, Escorte d'équipages, Alte, Défilé, Comédiens françois* (Berlin, Palais royal), *Meẓẓetin* (Ermitage), *le Docteur, la Sultane, l'Enseigne de Gersaint, l'Accord parfait* (Londres, Stafford House), *l'Accordée de village* (Londres, Musée Soane), *les Amusements champêtres* (ce ne sont pas ceux de la galerie Wallace), *les Champs-Élysées* (galerie Wallace), *la Conversation* (Paris, Heugel), *l'Embarquement pour Cythère* (Berlin, Palais royal), *l'Enchanteur, Fêtes vénitiennes* (Édimbourg), *les Jaloux, la Leçon d'amour* (Berlin, Palais royal), *le Lorgneur* (Londres, A. Wertheimer), *la Lorgneuse, Promenade sur les remparts, Récréation italienne* (Potsdam), *la Surprise* (Buckingham Palace), *les Bosquets de Bacchus, le Colin-Maillard, le Repas de campagne, la Chute d'eau, la Ruine, le Dénicheur de moineaux* (Édimbourg?).

Dans la vente de Julienne figuraient, outre *les Fêtes vénitiennes* et *le Dénicheur de moineaux*, cités plus haut, un *Meẓẓetin*, en ovale, *l'Amour désarmé* (Chantilly), *la Sérénade italienne* (Londres, Alfred de Rothschild), un *Paysage avec fabriques* et un *Portrait de Watteau par lui-même*.

d'après nature », et il appelle cette enseigne un *plafond*,
terme que répète la légende de la gravure.

Quand Gersaint dit que « le tout était fait d'après nature »,
il faut entendre seulement, je crois, que pour peindre son
tableau Watteau avait fait pour les divers personnages
des dessins d'après nature. Caylus nous renseigne en effet
sur la manière dont il travaillait habituellement :

Jamais il n'a fait ni esquisse ni pensée pour aucun de ces
tableaux, quelques légères et quelques peu arrêtées que ç'a pu
être. Sa coutume étoit de dessiner ses études dans un livre
relié, de façon qu'il en avoit toujours un grand nombre sous
sa main... Quand il lui prenoit en gré de faire un tableau, il
avoit recours à son recueil. Il y choisissoit les figures qui lui
convenoient le mieux pour le moment. Il en formoit des
groupes le plus souvent en conséquence d'un fonds de païsage
qu'il avoit conçu ou préparé. Il étoit rare même qu'il en usât
autrement[1].

Je suis convaincu que l'*Enseigne* a été exécutée de même,
avec cette différence que Watteau a dû faire les dessins
de quelques figures spécialement à cette intention, le
sujet étant nouveau dans son œuvre ; pour d'autres personnages, il dut utiliser d'anciens croquis. Il ne nous est
parvenu que deux dessins relatifs à l'*Enseigne*; ils appartiennent tous deux à M. Henry Michel-Lévy. L'un, gravé
dans les *Figures de différents caractères* sous le nº 121,
représente la femme de dos qui regarde le tableau ovale
posé à terre : c'est une sanguine tracée d'une pointe très
fine ; l'autre, dessin très large et rapide, est une étude
pour les commis emballant des cadres. Je croirais volon-
tiers que le premier est un ancien dessin, repris par
Watteau pour la circonstance, et, au contraire, que le
second a été fait en quelques minutes pour le tableau
même[2].

1. *Vie d'Antoine Watteau*, dans Goncourt, *L'Art du
XVIIIe siècle*, éd. in-12, t. I, p. 38-39.
2. Le chien, placé à droite, provient peut-être aussi d'un
ancien dessin ; il reproduit exactement un des deux chiens qu'on
voit au premier plan du *Couronnement de Marie de Médicis*,

Je ne pense pas non plus que les tableaux pendus au mur reproduisent exactement des tableaux existants. On reconnaît bien à droite un *Mariage mystique de sainte Catherine* de l'École vénitienne; à gauche un portrait de Rubens ou de Van Dyck, un autre qui pourrait être espagnol. Mais je crois que ce sont plutôt des sortes de pastiches que des copies. Les vers placés sous la gravure s'accordent avec cette opinion; ce qui la confirme, c'est le tableau placé à droite à côté de la porte, représentant un moine en blanc à genoux. Cette peinture est visiblement un arrangement du *Pénitent*, tableau de Watteau que nous n'avons plus, mais qui nous est connu par la gravure de Fillœul; il a fait partie du cabinet de Julienne. Sans doute, en cherchant bien, trouverait-on, non le modèle, mais le prototype de quelques autres toiles.

Quant à croire que le lieu de la scène reproduit le magasin de Gersaint, il faudrait n'avoir aucune idée de la disposition des boutiques du pont Notre-Dame. Elles étaient bien loin d'avoir ces proportions majestueuses.

J'ai fait photographier à votre intention une perspective du pont à la fin du règne de Louis XIV. Elle est d'un graveur du nom d'Aveline, oncle ou père de celui qui grava l'*Enseigne;* cette parenté n'est pas bien éclaircie[1]. C'est une vue assez inexacte. Vous verrez au premier coup d'œil que les proportions n'y sont pas respectées; le pont, nécessairement fort étroit, y prend les allures d'une voie triomphale. De plus, au début du xviiie siècle, la décoration sculptée et peinte, exécutée en 1660 pour l'entrée de Louis XIV et de Marie-Thérèse, était fort délabrée; les mai-

par Rubens. Watteau avait fait plusieurs études à la sanguine d'après ce tableau; l'une d'elles, appartenant à M. Heseltine, était exposée cet hiver à Londres, à la Grafton Gallery (n° (62) du Catalogue). Ce dessin pourrait dater de la jeunesse de Watteau : quand il travaillait chez Cl. Audran, au Luxembourg, les peintures de Rubens se trouvaient au palais.

Il faut ajouter, cependant, que le chien du *Couronnement* étant en sens inverse sur l'*Enseigne*, Watteau a pu se servir tout simplement de la gravure de Jean Audran (1710).

1. Voir Jal, *Dictionnaire critique*, ainsi que Portalis et Beraldi, *Graveurs du XVIIIe siècle*, à l'article *Aveline*.

sons n'avaient plus cette belle uniformité; les enseignes
pendues n'avaient point cette régularité, et les auvents
n'étaient point solidaires les uns des autres[1]. Mais la gravure donne néanmoins l'idée de la disposition générale
des lieux. On y voit que les maisons sont toutes de dimensions égales, composées d'une boutique au rez-de-chaussée, de deux étages (avec une seule fenêtre sur la rue) et
d'un comble surmonté d'un épi[2].

J'ai cherché à avoir des renseignements plus exacts. J'ai
pu voir dans les papiers des *Bureaux de la Ville*, conser-
vés aux Archives nationales (H. 2017), les plans d'une
des maisons du pont. Ces plans sont annexés au devis
fourni par un entrepreneur de maçonnerie, nommé Leduc,
le 13 août 1729, pour les travaux à faire dans la maison
nº 4, occupée par le sr Ducreux, peintre[3].

1. Cela ressort de divers documents que j'ai consultés aux
Archives nationales (H. 2015, 2016, 2017, 2022). D'utiles indications de MM. Marcel Poète, conservateur de la Bibliothèque
historique de la ville de Paris, et de M. E. Clouzot ont faci-
lité mes recherches.

2. Il y avait un étage de plus, du côté de la rivière, sous le
niveau de la chaussée, en encorbellement. La façade sur la
rivière avait deux fenêtres à chaque étage.

3. Les maisons du pont étaient, contrairement à celles des
rues en général, numérotées. Les numéros partaient du quai
de Gesvres par le côté d'amont et continuaient au retour par
le côté d'aval. Il y avait, à l'origine, trente-quatre maisons de
chaque côté, mais, au début du xviiie siècle, il n'y avait, à
cause des deux maisons occupées par l'entrée des pompes et,
sans doute, du corps de garde, que soixante-quatre numéros.
La maison nº 64 est en effet indiquée comme maison d'angle.

J'espérais trouver dans les papiers de la Ville quelque mention de Gersaint. Je n'ai eu le loisir de compulser que les dossiers des années 1715 à 1729, où j'ai relevé le nom d'un grand
nombre de locataires, mais pas le sien. Il faudrait consulter
les dossiers jusqu'en 1750, année de sa mort, mais on n'aurait sans doute pour lui, comme pour les autres, qu'un état
de réparations à faire qui ne nous apprendrait pas grand'-
chose en dehors de l'adresse exacte.

Indiquons, à titre de curiosité, le prix du loyer d'une maison : il était de 500 à 600 livres par an (dossier de location de
la maison nº 15, en 1722).

Veüe et perspective du pont nôtre Dame Batie en 1507 sous la conduite de Jean Jucundus Cordelier natif de Verone.

Jacque Rigaud aux Trinitez du Roy

L'on dit l' il existoit déja en cet endroit un pont de bois en de bois, Il fut recontruit de mine en 1413 et emporté par les glaces en 1499.

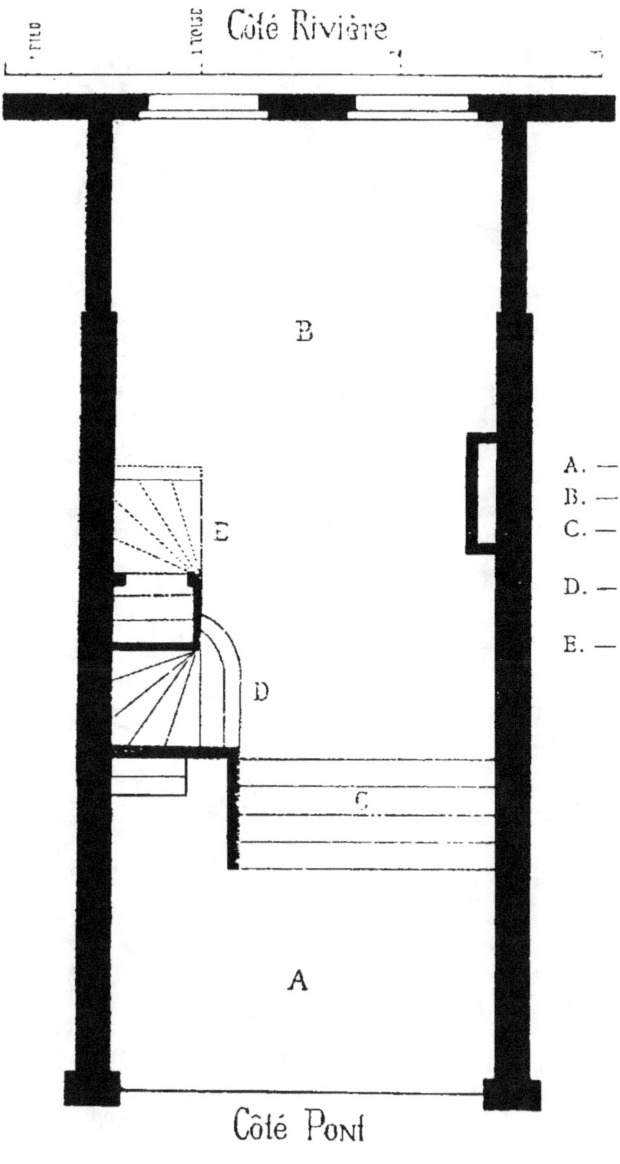

Côté Rivière

B

A. — *Boutique.*
B. — *Arrière-boutique.*
C. — *Escalier montant à l'arrière-boutique.*
D. — *Escalier montant au 1er étage.*
E. — *Escalier conduisant à la salle basse.*

E

D

C

A

Côté Pont

PLAN DU REZ-DE-CHAUSSÉE D'UNE MAISON DU PONT-NOTRE-DAME
(Maison n° 4, occupée en 1729, par le sieur Dacreux, peintre)
D'après le dessin conservé aux Archives Nationales (H. 2017).

Toutes les maisons ayant la même grandeur, ces plans nous font connaître les dimensions de la boutique de Gersaint. La boutique avait 11 pieds (soit *3ᵐ56*) de large entre piliers, et *10 pieds 6 pouces* (soit *3ᵐ40*) de profondeur. Encore cette profondeur était-elle réduite sur les trois quarts de la largeur par un escalier de cinq marches qui montait à l'arrière-boutique, donnant sur la rivière, et plus basse d'étage. Il n'y a pas dans le dossier d'élévation sur la rue. D'un croquis de l'élévation sur la rivière, je déduis que la hauteur de plafond de la boutique était de *3ᵐ35* environ. Des renseignements pris à des pièces différentes me permettent d'ajouter que l'ouverture des boutiques, cintrée lors de la reconstruction de 1660, avait été dans quelques maisons remplacée par une ouverture rectangulaire. Les auvents, qui n'étaient pas tous pareils, étaient généralement plats[1].

L'examen de la disposition des boutiques du pont m'amène tout naturellement au second point du texte de Gersaint que je vous signalais, l'expression de *plafond* qu'il emploie pour désigner l'enseigne. Vous vous êtes sans doute demandé comme moi ce qu'elle signifiait au juste.

J'ai cru pendant un temps qu'elle pouvait, au xviiiᵉ siècle, avoir été synonyme d'enséigne. Mais en interrogeant les dictionnaires de l'époque à l'article *plafond*, je n'ai trouvé aucune mention de ce sens particulier. J'en ai conclu que ce terme désignait une enseigne placée un peu comme un plafond. Et lorsque je fus assuré que les boutiques du pont avaient un auvent, j'ai supposé que le tableau avait pu être placé sous l'auvent, avec une forte inclinaison, de façon à s'appuyer par le haut au bord extérieur de l'auvent et par le bas à la devanture. Deux textes me paraissent confirmer cette supposition.

L'un est tiré de l'*Éloge de Chardin* par Haillet de Cou-

---

1. Dans la maison du sʳ Moreau, peintre (à l'enseigne du Grand Saint-Louis, n° 48), il y avait, en 1716, une trappe dans le plancher du premier étage « pour le passage des tableaux et bordures ». Cette disposition était sans doute fréquente chez les marchands de tableaux.

ronne, ou plus exactement de la notice envoyée par
Cochin à Descamps à l'intention de Haillet de Couronne,
notice que celui-ci n'a fait que répéter : il m'a paru pré-
férable de me servir du document primitif, le seul qui
offre des garanties d'exactitude[1]. Vous vous rappelez
l'histoire de l'enseigne commandée à Chardin, dans sa
jeunesse, par un chirurgien, et comment, au lieu d'y
peindre les instruments qu'on lui avait demandés, il y mit
toute une scène avec de nombreux personnages. J'extrais
de cette histoire les deux passages qui nous intéressent :

« Un chirurgien, ami de son père, écrit Cochin, demanda au
jeune homme de lui faire *un plafond ou une enseigne pour
mettre au-dessus de sa boutique.* » Chardin ayant fait le tableau
à son idée : « Un jour, avant que personne fût levé dans la
maison du chirurgien, il le fit poser en place. A son lever, le
chirurgien fut surpris de voir les passans arrêtés devant sa
porte, *il sortit et vit ce plafond...* »

Vous conclurez, comme moi, que cette enseigne était
au-dessus de la devanture, et sous l'auvent, puisque le
chirurgien dut sortir pour voir de quoi il s'agissait.

Au reste, l'autre texte vient compléter le premier. A l'article *Enseigne* dans l'*Encyclopédie* de Diderot, on lit :
« Petit tableau pendu à une boutique de marchand ou
à un logement d'ouvrier pour le désigner. L'on appelle
aussi enseigne *un tableau qu'on met sous l'auvent d'une
boutique et qui tient toute sa longueur.* »

Tandis que *Vertumne et Pomone*, tableau perdu de Watteau, mais gravé par Boucher, qu'on sait par Mariette
avoir servi d'enseigne à un peintre du pont Notre-Dame[2],
était de la première espèce, l'*Enseigne* de Gersaint était
évidemment de la seconde.

Rappelez-vous que la boutique de Gersaint avait

1. L'*Éloge* de Haillet de Couronne a été publié dans les
*Mémoires inédits sur la vie et les œuvres des membres de
l'Académie de peinture et de sculpture* (1854), t. II, p. 431. Le
texte de Cochin m'a été obligeamment communiqué par M. de
Fourcaud, qui en avait pris copie aux Archives de Rouen.
2. *Abecedario*, t. VI, p. 106.

11 pieds de large et que l'estampe donne pour la largeur du tableau *9 pieds 6 pouces*, vous conviendrez que
ces chiffres s'accordent avec mon hypothèse.

Quelqu'un à qui j'expliquais la chose m'a objecté que
le tableau, ayant, toujours d'après l'estampe, *5 pieds* de
haut, il n'eût laissé que trop peu de place au-dessous de
lui. Mais cette objection ne me paraît pas fondée. Suppo-
sons, pour fixer les idées, que l'auvent avance d'un mètre
sur la façade, ce qui fait 1m20 sur la devanture (qui était
en retrait, entre les piliers). Le tableau avait environ
1m60 de haut. S'il était placé comme je le crois, il n'em-
piétait sur la devanture que de 1m05 environ. La hauteur
de la boutique étant de 3m35, il restait 2m30 de hauteur libre.

Il faut encore que je vous dise un mot de l'exécution
de la gravure, achevée, nous l'avons vu, en 1732. Il est à
peu près certain qu'elle n'a pas été faite directement
d'après l'original, mais d'après une copie réduite. Il existe,
en effet, dans la collection de M. Edgar Stern, une copie
de l'*Enseigne* qui vient de la vente Secrétan (1889), mais
dont l'histoire antérieure m'est inconnue. Cette copie a
les dimensions de la gravure et coïncide avec elle dans
tous ses détails[1]. On peut s'en rendre compte, même sur
les photographies ; j'ai pu faire la comparaison tout
récemment sur les pièces elles-mêmes.

Cette copie est attribuée à Pater, et elle a tout l'air, en
effet, d'être de sa main. On s'explique très bien son uti-
lité. L'original étant fort encombrant, Julienne aurait
commandé à Pater, avec lequel il était en rapports, cette
réduction qu'Aveline put emporter chez lui et copier
exactement[2].

1. Dimensions de la gravure : 0m518 de haut sur 0m834 de
large. Dimensions de la copie, d'après le *Catalogue* de la
vente Secrétan : 0m508 de haut sur 0m832 de large.

2. D'autres gravures ont dû être faites d'après des copies. Je
serais porté à croire, après avoir comparé à l'estampe la photographie de l'original, que *les Plaisirs du bal* ont été gravés
aussi d'après une des copies qu'on sait avoir été exécutées
par Pater.

Pater, nous le savons, était chez Watteau au moment de sa mort; il a plusieurs fois copié de ses tableaux. Dans son inventaire après décès, le 25 juillet 1736, il est fait mention de trois copies de Watteau exécutées par lui[1], l'une, entre autres, des *Plaisirs du bal*. Une copie de ce dernier tableau, par Pater, est précisément conservée à la galerie Wallace.

Julienne et les Glucq étaient en relations avec Pater, puisque dans le même inventaire se trouvent deux billets de 6,300 livres chacun, créés l'un par M. Glucq de Saint-Port et l'autre par M. de Julienne, aux échéances des 29 mars et 3 avril 1737[2]. Glucq et Julienne étant tous deux fort riches, le fait qu'ils aient signé des billets à Pater montre bien qu'ils devaient le faire travailler d'une façon fréquente.

Tout concorde à prouver que la copie de Pater a été exécutée en vue de la gravure.

Me voici, enfin, au bout de ce que j'avais à dire de l'*Enseigne* elle-même et de sa gravure. Ces faits, qu'il était absolument nécessaire de préciser, une fois exposés, nous allons rechercher où peut se trouver le tableau sorti du cabinet de Julienne entre 1744 et 1767.

II

Je commence par l'histoire du tableau de Berlin.

La première mention que nous trouvions de ce tableau est de 1760. Cette année-là, les Autrichiens pillèrent Berlin et ses environs. Le 19 octobre, le marquis d'Argens écrit à Frédéric II en ces termes :

Vous savez déjà, sans doute, Sire, que l'on n'a pas causé le moindre dégât à Potsdam ni à Sanssouci. Quant à Charlottenbourg, on a pillé les tapisseries et les tableaux, mais, par un cas singulier, on a laissé les trois plus beaux, les deux

1. Voir *la Mort de Jean-Baptiste Pater*, par Paul Foucart, dans les *Archives de l'Art français*, t. XV (1891), p. 426 et 428.
2. *Ibid.*, p. 427.

enseignes de Watteau et le portrait de cette femme que Pesne a peint à Venise[1].

Dans le rapport du garde du château, on lit que, « dans le Salon de musique (*Konzertkammer*), un des deux grands tableaux de Watteau a reçu des coups de sabre, mais qu'il peut se réparer ».

Quand les tableaux sont-ils entrés dans la collection de Frédéric? On ne le sait pas au juste. Je ne crois pas utile d'allonger encore cette communication en vous lisant les extraits publiés par M. Seidel de la correspondance entre Frédéric et le comte de Rothenbourg, qui faisait ses achats à Paris, puisque je n'en tirerais rien de précis. Je me borne à vous dire qu'entre 1744 et 1747 il a été fait pour le roi un grand nombre d'achats de peintures de Watteau, et que la partie du château de Charlottenbourg où se trouvait le Salon de musique avait été aménagée en 1747. Il est donc permis de croire, quand on sait combien Frédéric tenait à meubler et à décorer tout de suite de tableaux ses nouveaux appartements, que l'*Enseigne*, qui se trouvait en 1760 dans le Salon de musique, faisait partie des achats effectués entre 1744 et 1747.

Je ne vous donne qu'un extrait d'une lettre du 4 avril 1744. Frédéric écrit à Rothenbourg :

Quant aux tableaux, dont j'ai besoin pour orner mon nouvel appartement, il m'en faut trois; ainsi tâchez de m'avoir, avec les deux tableaux de Watteau, dont vous êtes en marché [il s'agissait de grands « pendants »], encore un du même maître, mais qu'il soit d'un travail exquis et de même belle grandeur[2].

J'ai cité cette lettre pour vous montrer la hâte que le

1. J'emprunte cette lettre et tout ce qui va suivre au Dr Paul Seidel, conservateur des collections impériales, qui a publié ces documents dans ses *Œuvres françaises du XVIIIe siècle de la collection de S. M. l'empereur d'Allemagne* (trad. française par P. Vitry et J.-J. Marquet de Vasselot, 1900), p. 19-28 et 148-151. Il les a complétés sur certains points dans un article paru dans le numéro d'avril des *Amtliche Berichte aus den K. Kunstsammlungen* (p. 171-186), article que j'utilise ici.

2. Je donne le texte publié par le Dr Seidel, *art. cité*, p. 176.

roi avait d'aménager ses appartements neufs et pour prouver comme il était préoccupé, non seulement d'avoir de bons tableaux, mais d'en avoir de dimensions déterminées, pouvant se faire pendant, et remplir certaines places qu'il leur réservait dans ses salons. Ses achats n'étaient pas destinés, à cette époque, à former une galerie, mais à orner ses habitations.

Cela explique qu'on ait pu, pour le satisfaire, couper l'*Enseigne*, qui, offrant deux groupes bien distincts, se prêtait parfaitement à faire deux « pendants ». Car, quoiqu'on ait soutenu le contraire, les deux morceaux de Berlin ne formaient bien à l'origine qu'un seul tableau. Outre que M. Hauser, qui les a rentoilés en 1899, l'a formellement déclaré[1], MM. Leprieur et Jean Guiffrey, qui ont pu voir les tableaux hors de leurs cadres et rapprochés, me disent qu'on voit nettement de près la trace des trois lés superposés qui composaient la toile primitive, et que ces lés se correspondent d'un morceau à l'autre. Il n'y a aucun argument à tirer, contre le fait de la coupure en deux, de l'apparence du cartouche au-dessus de la porte qui, lorsqu'on rapproche les deux morceaux, paraît double. Le Dr Seidel a bien voulu m'écrire, en réponse à une lettre où je lui demandais quelles modifications avaient subies les toiles de Berlin, que, lors du rentoilage de 1899, on a ajouté, du côté de la coupure, au morceau de gauche, — le plus étroit, — une petite bande de toile qu'on a peinte de façon à y continuer le fond de l'appartement, à seule fin que « rien de la peinture originale ne fût, de ce côté, dissimulé par le cadre ». Cette addition explique l'apparence anormale du cartouche[2]. Il

1. Il n'y a aucune raison de croire que M. Hauser se soit trompé : on peut n'approuver pas la hardiesse de certaines de ses restaurations, mais sa compétence et son expérience en pareille matière sont indiscutables. Quant à son impartialité, les autres déclarations qu'il a faites au sujet du tableau et qui, au premier abord, paraissent défavorables à celui-ci, suffisent à la garantir.

2. On a fait aussi valoir que la moulure du cadre au-dessus de la porte ne se continue pas exactement d'une toile à l'autre. Mais comment attacher la moindre importance à de pareils

n'y a rien à tirer non plus de ce que la perspective des deux
moitiés n'est pas absolument uniforme : cela prouve seulement que Watteau ne s'est pas adressé à un perspec-
teur. Au reste, sur la gravure aussi, les points de fuite de
la partie gauche et de la partie droite sont distincts ; ils
ne sont même pas uniques pour chaque partie [1].

Que Julienne ait vendu l'*Enseigne* au roi de Prusse,
rien de plus vraisemblable. C'est de chez Julienne (avant
sa mort) que sont venus plusieurs des tableaux de la collection allemande : *les Comédiens français, la Leçon
d'amour, la Récréation italienne, l'Embarquement pour
Cythère, Louis XIV mettant le cordon bleu au duc de
Bourgogne,* qui appartint au prince Henri de Prusse et
qui est perdu. Ajoutez à cela qu'*Iris* et *l'Amour paisible*,
ayant été gravés sans indication de propriétaire, ont fort
bien pu passer entre les mains de Julienne et de chez lui
en Allemagne. Il n'y a pas lieu de s'étonner, d'autre part,
que Julienne se soit défait d'un tableau aussi précieux que
l'*Enseigne,* puisqu'il s'est dessaisi de *l'Embarquement.*
Julienne ne songeait qu'à servir la gloire de Watteau. On
comprend parfaitement qu'il ait été heureux de placer
ses plus beaux ouvrages dans une collection comme celle
du roi de Prusse. On s'expliquerait beaucoup moins bien
que, riche comme il l'était, il ait consenti à céder les plus
importantes peintures de son ami au premier amateur
venu.

Les adversaires de l'*Enseigne* de Berlin n'ont rien à
dire qui s'oppose à ces présomptions assez fortes. Mais
ils allèguent contre elle plusieurs raisons précises que
nous allons examiner. Celles tirées de la facture (auxquelles je reviendrai tout à l'heure) mises à part, elles
sont toutes basées sur les différences observées entre le
tableau de Berlin et la gravure d'Aveline.

I. — Tableau et gravure offrent, nous dit-on, des différences de détail.

détails lorsqu'on sait que le tableau a été déchiré, réparé, ren-
toilé, restauré, nettoyé, et, par places, certainement repeint ?

1. Il est impossible de savoir si l'*Enseigne* fut coupée à Paris
ou à Berlin. Voir, à ce sujet, Seidel, *art. cité,* p. 179.

Ces différences se réduisent, en fait, à deux :

1. Le jeune homme, derrière le comptoir à droite, qui tient les bras croisés, a sur la gravure une figure plus arrondie et un front plus bombé.

2. Le portrait qu'on met dans la caisse représente, sur le tableau, Louis XIV. C'est, sur la gravure, un personnage quelconque.

Ces différences existent en effet, mais elles trouvent leur explication toute naturelle dans la copie de Pater. Dans cette copie, le jeune homme aux bras croisés a le visage plus arrondi que celui du tableau de Berlin, le front moins bombé que celui de la gravure : c'est un type intermédiaire. Pater, qui affectionnait les visages rondelets, a légèrement transformé le type de Watteau. Le graveur a accentué la transformation. Le même fait s'est produit pour le tableau dans la caisse : Pater a arrondi et amolli le visage de Louis XIV; Aveline a forcé cette indication. On peut affirmer, en tout cas, que c'est bien Louis XIV qui devait se trouver sur l'*Enseigne* originairement peinte pour Gersaint, tout comme sur l'*Enseigne* de Berlin, puisque sa boutique s'intitulait : « Au Grand Monarque. »

II. — Tableau et gravure n'offrent pas la même proportion entre la largeur et la hauteur :

Le tableau a une bande de plus à gauche.

Il a une bande de moins à droite.

Il a une bande de moins en haut.

Les différences qu'on observe entre le tableau et la gravure dans le sens de la largeur font qu'une verticale, passant au milieu de l'espace qui sépare les deux groupes, partage le tableau en deux parties presque égales : celle de gauche a 1m50 de large; celle de droite 1m54. Au contraire, la même verticale partagerait la gravure en deux parties fort inégales. « C'est, disent les adversaires du tableau de Berlin, que ce tableau est une réplique peinte *exprès* pour être coupée en deux; on a apporté à l'original cette modification dans le sens de la largeur afin de permettre la coupure. » J'ai à peine besoin de vous faire remarquer que cette hypothèse est peu vraisemblable. Si l'on avait prévu d'avance qu'il faudrait deux tableaux distincts, il eût été plus simple et plus sûr de copier les groupes

P. AVELINE d'après WATTEAU. L'ENSEIGNE DE GERSAINT.

D'après une épreuve d'état appartenant à M. MAURICE FENAILLE.

sur deux toiles rigoureusement égales, en les plaçant le mieux possible dans chaque toile, et d'ajouter ici ou là ce qu'il faudrait de fond pour remplir[1].

Il n'en reste pas moins vrai que ces différences, tant en largeur qu'en hauteur, sont, à première vue, défavorables à l'*Enseigne* de Berlin.

L'idée qui viendrait d'abord à l'esprit de ceux qui considèrent le tableau de Berlin comme l'original est que, pour égaliser autant que possible les deux parties, une bande a été coupée à droite, et, pour une raison de convenance locale, une bande coupée dans le haut[2]. Il n'est pas rare, en effet, que des tableaux aient été diminués, agrandis ou modifiés dans leur forme; jusqu'à ces cinquante dernières années, on ne se faisait aucun scrupule de mettre les toiles à la dimension des cadres ou des panneaux dans lesquels on voulait les placer.

Mais les faits s'opposent à une pareille explication.

Il n'est malheureusement plus possible de vérifier si le tableau a été rogné ou non, puisque les deux morceaux ont été rentoilés en 1899 : en plus de la bande dont j'ai parlé tout à l'heure, le professeur Hauser a ajouté une bande de deux centimètres à la partie supérieure de chaque moitié. Les tableaux étaient en effet un peu trop bas pour leurs cadres, et l'espace vide était rempli par une simple baguette de bois d'un vilain effet. C'est pour remplacer cette baguette que les deux centimètres de toile ont été ajoutés[3]. Mais si, à cause de ces additions, aucune vérification n'est plus possible, nous avons pour nous guider les constatations faites par M. Hauser à cette époque, auxquelles il faut bien nous fier. Ces constatations nous ont été rapportées d'une part par le Dr Seidel, de l'autre par le Dr Laban, auteur, en 1900, d'un intéressant article sur l'*En-*

1. Les adversaires du tableau de Berlin ne donnent pas d'explication particulière de la diminution de hauteur : ils parlent seulement d'une convenance locale.

2. Il n'y a pas grande importance à donner au morceau de mur qui figure, en plus, à gauche, sur le tableau; il est assez étroit pour que le copiste et le graveur n'en aient pas tenu compte; des inexactitudes de ce genre sont courantes.

3. Je tiens ce renseignement de M. Seidel.

seigne[1]. Les déclarations du Dr Laban portaient que rien n'avait été rogné de la toile primitive, d'aucun côté. Celles du Dr Seidel disaient seulement que rien n'avait été rogné à la partie supérieure; mais il a bien voulu me faire savoir que les déclarations du Dr Laban étaient exactes : M. Hauser aurait vu sur tous les côtés, sauf celui de la coupure en deux morceaux, la toile primitive, vierge de toute peinture.

De cette constatation, les adversaires du tableau de Berlin concluent qu'il n'a pas pu servir de modèle à la gravure, et que, par suite, il ne saurait être l'*Enseigne* originale.

Mais il y a un fait capital, mis en lumière en 1900 par le Dr Laban, que M. Jean Guiffrey rappelait récemment[2], et que les adversaires de la toile de l'empereur d'Allemagne passent sous silence. C'est celui-ci.

La gravure porte, dans sa légende, les dimensions de l'*Enseigne* : *5 pieds sur 9 pieds 6 pouces,* c'est-à-dire *1^m62* de haut sur *3^m078* de large. Or, les tableaux de Berlin ont *1^m63* de haut et, rapprochés, leur largeur totale est de *3^m04*. La différence est donc d'un centimètre dans la hauteur, de 38 millimètres dans la largeur.

J'ai fait, pour plusieurs toiles conservées dans des musées ou collections, la comparaison entre les dimensions portées aux catalogues et celles indiquées par le graveur. Quelquefois les écarts sont très faibles : c'est le cas de *l'Embarquement*, de *la Leçon d'amour*, où la différence est de un à deux centimètres. D'autres fois, ils sont plus considérables; si les mesures données par le catalogue de la galerie Wallace sont bien exactes, la différence de largeur est de 7 centimètres pour le *Rendez-vous de chasse* et de 9 centimètres pour les *Charmes de la vie*[3]. Ce sont les plus forts écarts que j'aie constatés.

1. Cf. Seidel, *Œuvres françaises du XVIIIe siècle de la collection de S. M. l'empereur d'Allemagne*, p. 150; Laban, *Bemerkungen zum Hauptbilde Watteaus : « l'Enseigne de Gersaint »*, dans le *Jahrbuch der K. Preuss. Kunstsamml.*, 1900, p. 54-59.
2. *Chronique des Arts*, 12 mars 1910.
3. *Le Rendez-vous de chasse;* mesures de la gravure : 4 pieds

L'écart entre les mesures inscrites sous l'estampe d'Aveline et celles de l'*Enseigne* de Berlin est donc tout à fait normal. On est en droit de dire que ces mesures concordent.

D'autre part, si les mesures inscrites sous l'estampe ne s'opposent pas absolument à ce que l'*Enseigne* originale ait eu à droite quelques centimètres de plus que l'*Enseigne* de Berlin, elles interdisent de croire que cette *Enseigne* originale ait eu à la partie supérieure la bande supplémentaire qu'indique la gravure : cette bande, en effet, ne mesurerait pas moins de 26 centimètres, écart inadmissible.

Ainsi, il est permis de penser que l'*Enseigne* originale avait bien les dimensions de celle de Berlin.

Reste maintenant à expliquer le désaccord entre les proportions de la gravure et celles du tableau.

Une seule explication demeure plausible, c'est celle que le Dr Laban a proposée : le format aurait été modifié intentionnellement dans l'estampe, afin d'avoir une image plus carrée, et l'on aurait néanmoins inscrit au-dessous les dimensions réelles du tableau. On sait, — et M. Pierre Marcel l'a fort justement rappelé l'an dernier[1], — que les gravures au XVIIIe siècle n'étaient pas faites dans un but documentaire, mais commercial, et que les graveurs ne se faisaient pas scrupule de prendre quelques libertés avec leurs modèles. Je dois dire cependant qu'en général les estampes gravées pour la publication de Julienne sont remarquablement fidèles : il manque parfois une petite bande en haut, en bas ou sur les côtés; c'est ordinairement peu de chose. Mais Julienne n'avait d'autre désir que de faire connaître l'œuvre de Watteau, et il partageait sans doute les idées de son temps sur l'exactitude documentaire des estampes : il ne se fût pas prêté à des arrangements qui eussent dénaturé la pensée de son ami, il ne devait voir

---

sur 6 (1m296 sur 1m944); mesures du tableau, en pieds anglais : 4,1 sur 6,1 3/4 (1m246 sur 1m878). — *Les Charmes de la vie;* gravure : 2 pieds sur 2 pieds 7 pouces (0m648 sur 0m837); tableau en pieds anglais : 2,1 1/2 sur 3, 1/2 (0m648 sur 0m927). Le pied anglais mesure 0m305; le pied français 0m324.

1. *Chronique des Arts,* 15 mai 1909.

aucun inconvénient à une modification de forme, qui ne touchait en rien au caractère ni à la beauté du tableau. Le format allongé de l'*Enseigne* (la hauteur est à peu près moitié de la largeur) s'accordait mal avec celui de la publication de Julienne. Comme il suffisait d'ajouter en haut un morceau de muraille, avec quelques tableaux assez indistincts, Pater a fort bien pu recevoir mission, en exécutant sa petite copie, d'augmenter la hauteur.

Quant à la modification en largeur (addition à droite, suppression à gauche), elle ne peut évidemment s'être inspirée de la même cause. Je n'y vois qu'une explication : c'est qu'on a trouvé plus agréable d'appuyer la composition des deux côtés aux piliers de pierre. Cette disposition symétrique devait être habituelle aux enseignes « en plafond », puisque deux dessins de Watteau, au Louvre, dans lesquels M. de Fourcaud a le premier reconnu les esquisses d'une enseigne de perruquier et d'une enseigne de marchand d'étoffes, sont ainsi limités de chaque côté par des piliers ou des socles[1].

Vous ne trouverez peut-être pas, à première vue, cette dernière explication très convaincante. Mais, outre que je n'en vois point d'autre, s'il est vrai que rien n'a été coupé à droite du tableau, une chose me porte à penser que ce qui se trouve en plus à droite, dans la gravure, est bien une addition du copiste.

Vous remarquerez que la ligne suivant laquelle le comptoir et le pilier se coupent est, sur la gravure et sur la copie de Pater, d'une perspective *absolument fausse*. Je sais bien que la perspective tout entière du tableau n'est pas impeccable ; mais, pour s'en apercevoir, il faut chercher les points de fuite, le crayon à la main ; la faute que je vous signale est grossière et immédiatement visible ; je ne crois pas que Watteau l'eût commise.

Quant à l'argument tiré de l'esthétique, et qui consiste à dire que le tableau, tel qu'il est à Berlin, se compose mal, vous me permettrez de ne pas le discuter. Il me

1. On aurait supprimé un morceau de mur à gauche pour compenser, dans une certaine mesure, l'addition faite à droite, et ne pas augmenter notablement la largeur.

semble que la composition s'équilibre, au contraire, admirablement, mais des arguments de cet ordre ne convainquent personne : ils ne mettront pas plus d'accord aujourd'hui ceux que divise la question de l'*Enseigne* qu'ils ne mettaient d'accord naguère ceux que divisait la question, un moment brûlante, de la mutilation de la *Ronde de nuit*.

J'ajoute que l'exemple d'une modification de forme, adoptée pour rendre la gravure plus agréable, ne serait pas unique dans l'œuvre de Watteau. *L'Amour désarmé*, aujourd'hui à Chantilly, qui appartint à Julienne, est un tableau ovale, et il l'était déjà au xviiie siècle : le catalogue de la vente de Julienne en témoigne. Or, l'estampe d'Audran en fait un tableau rectangulaire qui, remplissant mieux la feuille, ne nécessite pas l'adjonction d'un cadre décoratif; un encadrement du style de ceux qui accompagnent les décorations de la salle à manger de Crozat eût été bien lourd pour un petit tableau traité presque en esquisse et gravé d'une pointe très libre.

Quoi qu'il en soit, le fait contradictoire que l'image donnée par l'estampe n'a pas les mêmes proportions que le tableau tandis que les dimensions inscrites sous cette image concordent avec les dimensions du tableau, laisse, il faut en convenir, quelque obscurité dans la question. On peut expliquer la chose par des hypothèses très vraisemblables; on ne peut en faire davantage[1].

Mais combien de points plus obscurs ne trouverait-on pas si l'on étudiait avec le même soin l'histoire des plus illustres ouvrages! On serait surpris du petit nombre de peintures célèbres dont l'authenticité pourrait être rigoureusement prouvée. Pour ma part, cette obscurité relative me paraît un argument très faible contre un tableau en faveur de qui tout parle, par ailleurs.

L'*Enseigne* de Berlin a d'abord pour elle d'être un

1. Il n'est pas inutile de faire remarquer que les adversaires du tableau de Berlin n'éclaircissent pas mieux la question : ils n'expliquent pas les mesures inscrites sous l'estampe; — ils s'abstiennent, il est vrai, d'en parler.

chef-d'œuvre, non seulement digne en tous points du grand peintre qu'était Watteau, mais supérieur même, au point de vue de la peinture, à tout ce que nous connaissons de lui. C'est un tableau merveilleux, la suprême fleur du génie. Pour la franchise, la décision de la facture, pour la beauté de la couleur, pour le mystère d'une poésie obtenue avec les éléments les plus simples, il tient dans l'œuvre de Watteau une place analogue à celle que tiennent dans l'œuvre de Rembrandt ou de Velazquez le *Portrait de famille* de Brunswick ou *les Menines*[1].

1. Je n'ai pas à décrire la composition du tableau qui est reproduit ici. Mais, comme il est conservé au Palais royal de Berlin, dans le salon de l'Impératrice, où l'on obtient difficilement de le voir, il y a peut-être un certain intérêt à en donner les couleurs d'après les notes que j'ai prises devant les toiles mêmes. L'harmonie générale est d'un gris blond délicieux. Chacun des tableaux pendus au mur est reproduit avec sa couleur propre, mais de façon à le fondre dans l'atmosphère légèrement dorée. Je prends les personnages de gauche à droite : le premier commis appuyé au mur est en brun avec un gilet blanc et un tricorne noir, celui qui tient un miroir, en gris avec un bonnet rayé de rose et de blanc, celui qui est penché sur la caisse, en bonnet noir, chemise blanche et culotte marron. La dame debout porte une robe rose glacée de reflets blancs ; cheveux poudrés, bonnet blanc à ruban bleu de ciel, bas bleus, soulier gris argent à talon noir. Le gentilhomme qui lui parle est tout entier vêtu de brun puce ; l'habit est de drap, le gilet de taffetas ; perruque poudrée, gants gris. — La femme de dos qui regarde le tableau ovale posé à terre est en taffetas noir ; l'homme à côté d'elle en habit gris clair ; perruque poudrée. La dame assise devant le comptoir porte un mantelet noir sur une robe de satin blanc pékinée d'une large rayure rose entre d'étroites rayures vert clair ; elle a le teint rose et blanc, les cheveux noirs ; bonnet blanc à ruban rose, gants blancs. L'homme derrière le cadre est en beige, celui qu'on voit accoudé en brun roux, celui qui est debout en habit gris doublé de rose très pâle, sur un gilet blanc à fleurs bleues ; tous trois ont la perruque poudrée, d'un blanc tirant sur le blond. Le nécessaire posé sur le comptoir est en laque rouge vénitien. La femme qui montre le miroir est vêtue d'une robe jaune à petites raies d'un jaune plus foncé, doublée de lilas ; fichu rose, bonnet à ruban bleu clair. Le chien est blanc et noir.

Cette admiration, je ne suis pas seul à l'avoir éprouvée; je me trouvais à Berlin, au moment de l'inauguration de l'exposition française, avec beaucoup de nos compatriotes, artistes, critiques, amateurs; tous ceux qui m'ont parlé du tableau partageaient mon sentiment.

Je vous avoue que ce n'est pas sans étonnement que je l'entends parfois attribuer à Lancret. J'ai étudié récemment un assez grand nombre d'ouvrages de Lancret, datant de toutes les époques de sa vie. C'est un peintre charmant, plein de délicatesse, un très joli coloriste, mais je ne vois pas qu'il ait jamais peint de cette façon-là; je le tiens pour parfaitement incapable d'avoir exécuté une copie plus spontanée et plus ardente qu'aucun de ses tableaux originaux et, par surcroît, beaucoup plus belle de peinture.

Quant à ce qu'on dit de la « savante timidité » de l'exécution, cela prouve évidemment que deux personnes peuvent voir le même tableau avec des yeux bien différents. Je n'ai trouvé aux toiles de Berlin aucune timidité, au contraire. Je crains qu'on ne confonde quelquefois la liberté de l'exécution avec son imprécision : la plus rapide esquisse peut être très « précise ». L'*Enseigne* de Berlin montre partout de ces accents vifs et précis qui sont tout à fait caractéristiques de Watteau, et dont la pratique quotidienne du crayon de sanguine lui avait donné l'habitude. Ces accents sont plus visibles ici parce que, une fois tracés avec une admirable décision, le peintre n'est pas revenu par dessus. C'est ainsi que les visages, et particulièrement celui de la femme assise auprès du comptoir, sont soulignés de traits de carmin pur qui déterminent la forme. C'est ainsi que les tableaux au mur, les accessoires sont définis par quelques touches spirituelles et justes, posées sur un travail préparatoire fort rapide. Les fonds, les étoffes sont peints avec une grande vivacité. Les blancs dans les lumières, notamment sur la robe de la femme assise, sont d'une peinture fluide, étendue librement comme le sont les blancs de Rubens[1].

1. On pense souvent à Rubens devant cette toile. L'emploi de traits rouges au bord des chairs vient sans doute aussi

Tout annonce un travail mené vite, sans hésitation, presque sans reprises. Je n'ai aucune peine à croire qu'un peintre, absolument maître de ses moyens, ait pu l'exécuter en très peu de temps.

Ce qui m'assure encore dans l'opinion que la peinture a été vite faite, c'est d'abord la comparaison avec le *Rendez-vous de chasse*, tableau à peu près contemporain, fait celui-là tout à loisir, et où le travail, plus soigné, plus fondu, évidemment plus souvent repris, n'est, malgré de grandes ressemblances, pas le même; c'est aussi le fait que le tableau de Berlin a relativement peu souffert des nettoyages et des restaurations; je ne vois guère, parmi les personnages, que la femme en jaune, derrière le comptoir, qui paraisse avoir été vraiment gâtée. J'attribue cette bonne fortune à ce que la peinture étant de premier jet, avec fort peu de travaux superposés, elle était mieux faite pour résister aux « remises à neuf ».

Mais, dit-on encore, ce n'est pas une peinture « d'enseigne »; elle est trop « serrée », trop soignée. On me permettra de n'être pas de cet avis. C'est bien à tort que le mot d'enseigne évoque l'idée d'une peinture grossière. Cette enseigne, vous l'avez vu, était tout simplement un tableau placé sous l'auvent, à une hauteur somme toute assez faible : un peu plus de deux mètres au-dessus du sol. Quelle nécessité qu'elle fût si brutalement exécutée? Un dessus de porte dans un salon du xviiie siècle est généralement plus haut placé. Voit-on cependant qu'il soit peint moins exactement qu'un tableau de chevalet?

---

de lui. On sait que Watteau admirait Rubens extrêmement : j'ai eu l'occasion de rappeler plus haut qu'il avait fait des dessins d'après les peintures de la galerie Médicis; deux lettres de lui témoignent de son admiration pour le maître d'Anvers (voir Goncourt, *l'Art du XVIIIe siècle*, t. 1, p. 42 et 43). Rubens est, avec Véronèse, le peintre auquel il doit le plus : leurs influences alternent et se mêlent dans son œuvre. *Les Amusements champêtres* de la collection Wallace, peints probablement en 1718 ou 1719, sont plus vénitiens que flamands d'exécution, mais le voyage de Londres paraît avoir ramené Watteau vers la peinture flamande. Le motif même de l'*Enseigne* est flamand : c'est un thème familier à Téniers.

Personne n'a l'idée de s'étonner qu'il ne soit pas brossé comme un panorama. Il me semble qu'il n'y a pas lieu de s'étonner davantage ici.

J'ajoute que la curieuse petite toile de Watteau, gravée par Moyreau sous le titre de *l'Alliance de la musique et de la comédie*, qui appartient à M. Henry Michel-Lévy, et qui a sans doute servi d'enseigne à un marchand d'instruments de musique, est aussi soigneusement peinte que la plupart des tableaux de Watteau[1].

Il convient cependant de nous demander si l'*Enseigne* de Berlin ne pourrait pas être une réplique de la main de Watteau. Je vous ai montré tout à l'heure qu'il n'y a pas d'impossibilité matérielle à ce que Watteau ait recommencé son *Enseigne*. Je n'y vois pas non plus d'impossibilité morale : dès l'instant qu'il acceptait une besogne aussi fastidieuse que celle de dessiner pour Crozat les tableaux du roi et du régent[2], on peut croire qu'il n'eût pas refusé de recommencer l'*Enseigne* pour un amateur qui l'aurait bien payé. Cela n'a rien d'invraisemblable.

Mais il est déjà moins vraisemblable que la réplique ait toute la vivacité, toute la spontanéité qu'on supposerait à un original peint dans les conditions que l'on sait ; et il l'est beaucoup moins encore que Watteau ait reproduit cet original sans y rien changer (jusque dans les plus infimes détails comme les brins de paille), avec des couleurs pareilles, avec une facture pareille, alors que toutes les fois que nous le voyons recommencer une de ses peintures, il ne manque pas d'apporter à la première version des modifications importantes : je n'en veux pour preuves que *les Charmes de la vie*, rapprochés du *Concert* de Potsdam, et l'*Embarquement* de Berlin rap-

1. Voir à ce sujet l'article de M. de Fourcaud, *Antoine Watteau peintre d'arabesques*, dans la *Revue de l'Art ancien et moderne*, t. XXV, p. 133 (1909) ; on trouvera une reproduction du tableau dans le même volume, p. 57.

2. *Mercure*, février 1721, p. 152 : « M. Crozat le jeune fait aussi graver par souscription les Tableaux du Roy, du Régent et ceux des autres excellens maîtres qui sont dispersez dans les fameux Cabinets de Paris. Messieurs Watot, Natier et un autre sont chargez de les dessiner. »

3

proché de celui de Paris[1]. Or, la copie de Pater et par
suite la gravure ont été exécutées d'après un tableau semblable à l'*Enseigne* de l'empereur d'Allemagne pour le
dessin et la couleur, et peint tout à fait de même, avec
les mêmes accents nets, précis et spirituels; on trouve,
notamment sur cette copie, malgré ses dimensions réduites,
les mêmes traits rouges sous le nez et sous l'oreille, dans
le visage de la dame assise auprès du comptoir, les mêmes
touches vives dans les toiles pendues au mur, les mêmes
hardis coups de brosse dans les vêtements.

Comme la copie et la gravure dérivent certainement de
l'*Enseigne* faite pour Gersaint, qu'en conclure, sinon que
le tableau de Berlin a les plus grandes chances d'être cette
Enseigne même[2]?

Une seule chose pourrait encore nous amener à tenir
le tableau de Berlin pour une réplique, ce serait qu'on
nous montrât l'original. Et ceci nous conduit à rechercher
si le fragment que possède M. Michel-Lévy a pu, comme
on le dit, faire partie de cet original.

III

Je reprends d'abord l'histoire de ce fragment.

Il paraît pour la première fois, à notre connaissance, dans
la vente d'un amateur qui avait, si l'on en juge d'après le
catalogue, une importante collection, l'abbé Guillaume.

---

1. Le *Concert* de Potsdam, qu'il ne faut point confondre
avec *la Leçon d'amour* récemment exposée à l'Académie des
Arts de Berlin sous le titre inexact de *le Concert*, est en très
mauvais état et repeint, mais il est certainement de Watteau.

2. Je dis que copie et gravure dérivent certainement de l'*Enseigne* peinte pour Gersaint, parce qu'il faudrait, pour qu'il
n'en fût pas ainsi, que le *Mercure*, en 1732, et Gersaint, en
1744, eussent menti purement et simplement : ils nous disent
en effet que l'estampe a été faite d'après le tableau du cabinet
Julienne et que ce tableau était bien l'*Enseigne* exposée dans
la boutique du pont Notre-Dame, achetée ensuite par le conseiller Glucq, donnée ou cédée par lui à Julienne. Un pareil
mensonge n'a aucune vraisemblance. Je n'en examine l'hypothèse que pour répondre à une objection qui m'a été faite.

Cette vente se fit à Paris le 18 mai 1769 et jours suivants. Deux tableaux y figuraient sous le nom de Watteau, annoncés en ces termes :

[Nᵒ] 208. Un Tableau peint sur toile par Vateau représentant le Docteur de la Comédie Italienne dans un fond de Paysage, dans sa bordure dorée, h. 27 [pouces], l. 34. Il vient du Cabinet de M. de Julienne qui l'a fait graver[1].

209. Un Tableau sur toile par le même qui formoit un des côtés du Tableau de Gersaint, représentant un Peintre qui fait encaisser des Tableaux, h. 36, l. 48.

Le second tableau est bien celui qui se trouve chez M. Michel-Lévy; les dimensions concordent : 36 pouces sur 48 correspondent à 0m972 sur 1m296; le catalogue de la vente du baron de Schwiter, où M. Michel-Lévy a acquis son tableau, donne comme mesures 0m98 sur 1m30[2].

Avant d'examiner la valeur de cette mention du catalogue de l'abbé Guillaume, je veux vous rapporter tout de suite la fin de l'histoire du tableau. Il disparaît après 1769, pour ne reparaître qu'à la vente de « M. Auguste, ancien pensionnaire de Rome », vente qui eut lieu du 28 mai au 1ᵉʳ juin 1850, dans son appartement de la rue Caumartin, nᵒ 9, et que Goncourt déclare avoir été « si extraordinairement malheureuse »[3].

1. Ce tableau a été gravé par Audran.
2. Nᵒ 46 du *Catalogue;* celui-ci donne, outre la description du tableau, un extrait du *Catalogue* des tableaux du Louvre par Villot, racontant, d'après Gersaint, l'histoire de l'exécution de *l'Enseigne.* La vente eut lieu le lundi 3 mai 1886. D'après l'exemplaire annoté de la Bibliothèque J. Doucet, le tableau fut vendu 8,700 fr.
3. *Catalogue de l'œuvre de Watteau*, p. 366. Auguste remporta le prix de Rome de sculpture en 1810, mais ne fit guère ensuite que du pastel. C'était un bon connaisseur; il possédait un grand nombre d'œuvres du xviiiᵉ siècle dans un temps où elles n'intéressaient guère; mais le fait qu'il tenait son tableau pour un morceau de *l'Enseigne* n'est pas même une présomption en faveur de celui-ci. Cette opinion, le texte du *Catalogue* le prouve, repose sur la gravure d'Aveline; à la place d'Auguste, ne connaissant pas l'existence de *l'Enseigne* de Berlin, tout le monde aurait pensé comme lui.

Sous le *n° 62*, on trouve :

Watteau. La moitié de l'enseigne, tableau en plafond, fait pour son ami Gersain, marchand sur le pont Notre-Dame. Avec sa Gravure.

Les dimensions ne sont pas indiquées, mais il n'est pas douteux qu'il s'agisse de notre fragment ; sur l'exemplaire annoté du catalogue que possède la Bibliothèque J. Doucet, on lit en face de la désignation : *550 fr. Schwiter.*

Comme je vous l'ai dit, M. Michel-Lévy acquit le tableau à la vente du baron de Schwiter, en 1886. Il l'exposa en 1900 au Petit-Palais, où chacun put le voir.

Je reviens maintenant à la mention du catalogue Guillaume. C'est le premier argument mis en avant par les partisans du fragment de Paris. Les deux autres, que j'examinerai ensuite, sont tirés de la facture et de la comparaison avec l'estampe d'Aveline.

Voici comme ils raisonnent au sujet de la vente Guillaume : puisqu'un morceau de l'*Enseigne*, « absolument authentique » (c'est leur expression), paraît dans une vente en 1769 à Paris, l'*Enseigne* entière ne pouvait pas se trouver en 1760 à Charlottenbourg ; donc le tableau de Berlin n'est pas l'*Enseigne* peinte pour Gersaint.

Mais ils ne prennent pas garde à une chose, pourtant assez importante, c'est qu'il n'est pas du tout prouvé que ce fragment fût « absolument authentique » ; à mes yeux, le catalogue Guillaume ne saurait faire autorité pour plusieurs raisons.

1° Le catalogue, contrairement à ce qui arrive pour certains catalogues importants du xviiie siècle, n'est pas signé. Personne, ni Mariette, comme pour le cabinet Crozat, ni Gersaint, comme pour le cabinet de Lorangère, ni Rémy, comme pour le cabinet de Julienne, n'en a pris la responsabilité.

2° Ce catalogue est de 1769, soit quarante-huit ans après la mort de Watteau. En quarante-huit ans, même de nos jours, une tradition se perd. Aurait-on l'idée, parce qu'un catalogue annoncerait une toile comme un

Corot (et il n'y a pas quarante-huit ans que Corot est mort), d'affirmer que cette toile est effectivement de sa main? J'ajoute qu'en 1769 les deux principaux témoins en cette affaire, Gersaint et Julienne, étaient morts[1].

3o Le no 208 (*le Docteur*) est annoncé comme provenant du cabinet de Julienne. On sait combien les rédacteurs de catalogues du xviiie siècle attachaient de prix aux indications de provenance. Pourquoi le no 209 (l'*Enseigne*) ne porte-t-il pas la même mention? Pourquoi n'est-il rien dit de la gravure? Ne serait-ce pas que l'expression « formait un des côtés du tableau de Gersaint » n'a pas le sens absolu qu'on lui donne? Et ne voudrait-elle pas dire seulement que le *motif* de la toile mise en vente était celui qui formait un des côtés du tableau de Gersaint? Je n'attache pas grande importance, d'ailleurs, à cette dernière remarque. En 1769, le rédacteur du catalogue pouvait croire, de très bonne foi, qu'il avait entre les mains un morceau de l'*Enseigne*, et se tromper.

Mais, dira-t-on, tout le monde a été convaincu de la valeur de cette mention du catalogue Guillaume! Il me semble qu'en pareil cas le consentement du plus grand nombre ne prouve rien. Si la plupart des historiens, Paul Mantz et les autres, y ont cru, c'est à la suite d'Edmond de Goncourt. Cela n'a rien qui doive surprendre : vous savez comme moi l'inclination qu'on a toujours à répéter ce qui a été dit, et quel effort il faut souvent pour réagir soi-même contre cette instinctive paresse de l'esprit.

Or, vous allez voir que si Goncourt a accepté sans hésiter l'autorité du catalogue Guillaume, c'est surtout pour ne pas être obligé d'admettre l'authenticité du fragment que possédait alors le baron de Schwiter. Ainsi, une erreur qu'il a commise à propos de la vente Guillaume, dont les adversaires du tableau de Berlin font grand étalage, et que je vous expliquerai tout à l'heure, a justement pour origine sa méfiance à l'égard du fragment Schwiter. Voici

1. Julienne, on l'a vu plus haut, est mort en mars 1766; Gersaint est mort en mars 1750 (cf. Herluison, *Actes d'état civil d'artistes français*, p. 154).

en effet ce qu'écrit Edmond de Goncourt dans son *Catalogue raisonné de l'œuvre de Watteau*, à propos de l'*Enseigne*, sous le n° 95 :

J'avais bien vu chez le baron de Schwiter un fragment de cette *Enseigne*, mais c'est une peinture bien grosse et ne donnant aucune idée d'un travail où Watteau aurait mis sa dernière fièvre. Quelle avait été la fortune de cette grande toile? La peinture était-elle définitivement perdue? Je me le demandais, lorsque je tombai par hasard sur le n° 209 d'un catalogue de 1769, le catalogue de l'abbé Guillaume, décrivant ledit tableau. En regard de la désignation se trouvait cette mention manuscrite : *pour la Prusse.* J'écrivis alors en Allemagne et j'appris [par M. Dohme] que le morceau de l'*Enseigne* n'était pas perdu, mais qu'il avait été complété par l'achat du second fragment, fait à je ne sais quelle époque et dans quelle vente. En sorte que l'*Enseigne* tout entière, mais encadrée dans deux cadres, est aujourd'hui dans le vieux Palais de Berlin (chambre Élisabeth, salon rouge)[1].

Goncourt s'est trompé : la mention *pour la Prusse* ne se trouve pas en face du n° 209 (l'*Enseigne*), mais en face du n° 208 (*le Docteur*); M. Michel-Lévy possède l'exemplaire du catalogue qui a appartenu à Goncourt, et l'a constaté. Un autre exemplaire, qui fait partie d'un recueil factice, ayant, à ce qu'on croit, appartenu au graveur Huquier, et qui se trouve aujourd'hui à la Bibliothèque J. Doucet, confirme ce fait. On lit en face du 208 : 241 [livres] 17 [sols] PRUSSE; en face du 209 : 190 [livres] 29 [sols], sans indication d'acheteur. « Désormais, et pour vingt années, écrit un des partisans du fragment parisien, l'erreur est muée en vérité d'évangile. Le fragment authentique de la pauvre véritable *Enseigne de Gersaint* pourra se morfondre dans les salons de M. Schwiter, il est entendu, sur la foi de Goncourt-Dohme, que l'*Enseigne* complète honore la chambre Élisabeth du Vieux Palais de Berlin[2]! »

1. Elle est aujourd'hui dans le salon particulier de l'Impératrice. On me dit que la tenture de ce salon est jaune d'or : cela explique peut-être dans une certaine mesure que ceux qui y ont vu l'*Enseigne* aient trouvé au tableau une couleur grise et froide.

2. *Gazette des beaux-arts*, 1909, t. II, p. 213.

Mais, comme je vous l'ai fait remarquer, cette erreur n'a pas l'importance qu'on lui attribue. Elle a pu embrouiller un moment la question; elle n'a aucune part dans notre admiration pour l'*Enseigne* de Berlin, elle ne prouve rien. Le plus clair de cette histoire, c'est que Goncourt n'admirait pas le tableau du baron de Schwiter, ce qui, je m'empresse de l'ajouter, ne prouve rien non plus, encore que l'avis de Goncourt en vaille bien un autre.

Je suis ainsi conduit à vous dire ce que je pense moi-même de la facture du tableau parisien. On en fait un autre argument en sa faveur : c'est, dit-on, une peinture franche et large, comme il convient à une œuvre de premier jet et à une enseigne.

C'est une bonne peinture, en effet, un peu grosse. Quoiqu'elle ne m'ait jamais paru mériter l'admiration que l'*Enseigne* avait excitée au xviiie siècle, quoiqu'elle se distinguât des autres peintures de Watteau, je n'avais aucune objection sérieuse à y voir un fragment de l'*Enseigne* originale, avant d'étudier de près la chronologie de ses ouvrages et avant mon dernier voyage à Berlin. Je me disais que la rapidité de l'exécution, les circonstances particulières avaient bien pu, comme on me l'affirmait, amener un artiste aussi mobile que Watteau à une manière différente de celles que je lui connaissais. Mais mon opinion se modifia dès que je fus en présence de l'*Enseigne* de la collection impériale : je retrouvais là tout Watteau, avec plus de force encore et plus de libre spontanéité. Aucune hésitation n'était possible : c'est une de ces peintures qui vous communiquent immédiatement la plus vive émotion. Certain, dès lors, de ce que Watteau était capable de faire, quand, près de mourir, il s'abandonnait à sa verve, j'eus bien de la peine à admettre le fragment parisien pour son dernier chef-d'œuvre. Craignant cependant que mes souvenirs ne lui fissent tort, je retournai voir le tableau, que M. Michel-Lévy voulut bien me montrer[1].

1. Il eût été bien plus intéressant et bien plus décisif d'examiner les deux *Enseignes* côte à côte. On ne saurait trop regretter que M. Michel-Lévy n'ait pu se résoudre à envoyer la sienne à

Le temps n'avait pas faussé mes souvenirs. Le fragment de la collection de M. Michel-Lévy est une toile largement brossée, d'un aspect plus inachevé et plus « flou » que le tableau de Berlin, ses partisans ont raison de le signaler : cela est visible, même sur les photographies. Mais, justement, je n'y trouve pas cette alliance de liberté et de précision, de vivacité et de mesure, cette admirable décision de la main, qui d'un coup définit nettement les objets. La couleur m'en paraît moins délicate, le dessin moins beau ; il n'a pas, notamment dans les trois figures principales, cette fermeté, cette nervosité, cet accent qui ne manquent jamais aux Watteau de la belle époque : on s'en assurera d'un simple coup d'œil jeté aux photographies juxtaposées[1]. Malgré son mérite, l'œuvre ne s'impose pas à moi comme d'un maître ayant la pleine maîtrise de son art.

Je n'insiste pas sur ces impressions générales. Je me borne à rappeler ce que j'ai dit tout à l'heure de l'*Enseigne* de Berlin ; la plus grande précision (ce qui ne veut pas dire, je le répète, timidité ni froideur) qui la caractérise ne me paraît pas moins bien convenir que l'espèce de négligence avec laquelle est peint le fragment parisien, à un tableau pendu à quelque deux mètres de hauteur.

J'arrive à des constatations plus matérielles et qui se prêtent mieux à la vérification sur photographies, je veux dire à la comparaison du tableau de Paris avec la gravure et, ce qui revient au même, avec la copie de Pater. C'est de cette comparaison que les adversaires du tableau de Berlin prétendent, bien à tort, tirer leur dernier et principal argument.

Je veux d'abord attirer votre attention sur le fait que la facture du tableau de Paris n'a pas le caractère que, d'après la copie de Pater, on doit supposer à la facture de l'original. Je vous ai dit que les accents nets, précis,

l'Exposition française de Berlin, comme on le lui avait demandé.

1. Voir les reproductions publiées par M. Seidel dans les *Amtlichte Berichte aus den K. Kunstsamml.*, p. 184-185.

spirituels du tableau de Berlin se retrouvaient dans la copie. Or, ces accents n'existent pas du tout dans le tableau de Paris : vous pouvez vous en rendre compte, même sur les reproductions. Et il est si vrai que les touches du fragment de la collection Michel-Lévy manquent de ce mordant très caractéristique, qu'on s'en aperçoit, pour certaines parties, lors d'une simple comparaison avec l'estampe, laquelle n'est pourtant que la copie d'une copie. Prenez notamment la manche de l'emballeur debout, qui tient un miroir entre les bras. Voyez-en les plis : sur la gravure, comme sur la copie de Pater, comme sur le tableau de l'empereur d'Allemagne, ils sont vivement accentués, ils accusent avec une grande justesse le dessin de l'épaule et du bras ; voyez au contraire, comme sur le fragment de Paris, ils sont mous et peu significatifs, comme le dessin est pauvre [1].

Ce désaccord dans la facture entre la copie et le fragment de Paris est un argument très grave contre celui-ci, car on conçoit bien qu'un Pater fasse une copie molle d'après un tableau précis de Watteau, non qu'il fasse une copie précise et nerveuse d'après une peinture floue et sans accent.

Les désaccords dans le dessin ne sont pas moins probants. Mais avant d'en examiner le détail, permettez-moi une remarque sur la manière dont les avocats du tableau parisien posent la question. « Tandis que l'*Enseigne* de Berlin présente des différences avec la gravure, disent-ils en substance, notre *Enseigne* coïncide avec elle, exactement ». Mais qu'est-ce qui coïncide ? Ce ne peut être, — M. de la Palisse s'en fût avisé, — que le seul groupe qui figure sur le fragment parisien. Pour le reste de la composition, comme il n'existe pas, nous ne pouvons pas savoir si oui ou non il coïnciderait avec l'estampe. L'ensemble, — s'il a existé, — avait-il ou n'avait-il pas ces bandes qui manquent à Berlin ? Nous l'ignorons. Or, l'absence de ces bandes à droite et en haut est *le seul* argument contre l'*Enseigne* de l'empereur d'Allemagne qui ait la moindre valeur (encore en a-t-il fort peu).

1. La meilleure reproduction du tableau parisien a paru dans *les Arts*, 1902, n° 4.

On nous dit, il est vrai, que la partie droite de l'ensemble doit se trouver quelque part. En mai 1829, à la vente Francillon, il a passé, en effet, sous le n° 157 une peinture ainsi désignée :

WATTEAU. — *Le cabinet d'un marchand de tableaux.* Dans une salle ornée de peintures, une jeune femme assise à son comptoir présente à une dame un petit tableau que celle-ci regarde avec beaucoup d'attention. Un autre tableau posé à terre occupe particulièrement les regards de plusieurs amateurs, dont l'un s'est agenouillé pour le mieux voir.

Nous avons entendu dire que cet ouvrage fut·fait pour Gersaint et servait d'enseigne à son magasin.

Mais les dimensions de ce fragment ne sont pas indiquées ; sa trace est perdue pour le moment. Rien ne prouve qu'il ait fait partie du même ensemble que la toile de M. Michel-Lévy. L'*Enseigne* avait eu assez de succès pour qu'on l'ait copiée en tout ou en partie, comme on a copié, en tout ou en partie, d'autres toiles de Watteau. Avant de faire état de ce morceau, attendons qu'il soit retrouvé. Songeons au parti qu'on tirerait de la description relevée sur un vieux catalogue, sans indication de mesures, de la copie de Pater sous le nom de Watteau ; cela suffira pour nous rendre prudents.

Nous ne pouvons donc nous servir pour ou contre la toile de Paris (je m'excuse d'avoir dû rappeler une chose aussi évidente) que du groupe des emballeurs. Or, contrairement à ce qu'on laisse entendre, si nous découpons dans le tableau de Berlin un morceau équivalent au fragment de M. Michel-Lévy, ce morceau coïncide exactement avec la gravure, au lieu que le fragment parisien offre avec elle d'appréciables différences dans la construction générale et dans les détails.

Les différences dans la construction générale ont été très clairement mises en évidence par M. Alvin-Beaumont dans un article récent[1]. J'avais fait de mon côté une

1. *Le Journal*, 28 mars 1910. M. Alvin-Beaumont a repris et complété ses intéressantes observations dans une brochure intitulée : *Un problème d'art. Watteau en Allemagne.* Les repro-

bonne partie de ces observations. Sans vous les rapporter toutes, car elles sont ennuyeuses à suivre si l'on ne peut le faire le crayon à la main, j'en indiquerai quelques-unes; une fois la méthode tracée, il sera loisible à chacun de poursuivre.

1º La perruque de l'homme placé à droite du groupe vient, sur la gravure, toucher presque le premier cadre pendu au mur. Il y a, sur le tableau de Paris, un espace marqué entre le cadre et la perruque.

Je rappelle, une fois pour toutes, afin de n'y pas revenir, que le tableau de Berlin se trouve, au contraire, exactement d'accord, sur tous les points signalés, avec la copie de Pater et avec la gravure.

2º Une verticale passant au milieu du talon de la jeune femme en robe à marteau vient, sur la gravure, traverser la tête derrière l'oreille. Sur le tableau de Paris, cette verticale laisse toute la tête à droite, ce qui, remarquons-le en passant, désaxe la figure et lui donne un faux aplomb.

3º Une verticale touchant le bord droit du bonnet de l'homme debout qui tient un miroir entre les bras vient, sur la gravure, couper le bonnet de l'homme penché sur la caisse. Cette verticale laisse, dans le tableau de Paris, un espace notable entre elle et le bonnet.

4º Si l'on prolonge la ligne qui limite la caisse par le bas, cette ligne traverse le pied gauche de l'homme à la perruque, sur la gravure. Elle passe au-dessous, sur le tableau de Paris.

5º Une horizontale passant au sommet de la perruque de l'homme de droite passe, sur la gravure, au-dessus de la figure peinte dans le tableau du fond et touche la partie supérieure du bonnet de l'emballeur debout. Sur le tableau de Paris, cette horizontale coupe la figure peinte et laisse un espace entre elle et le bonnet.

Et ainsi de suite.

Il est également facile de relever des différences dans les détails.

ductions qui les accompagnent sont très ingénieusement démonstratives. Mais la partie historique de ce travail ne doit être consultée qu'avec précaution.

1o Les pavés, très nettement tracés sur la gravure, n'existent pas sur le tableau de Paris, non plus que les joints du trottoir.

2o La botte de paille, bien liée sur la gravure, est à peine esquissée sur le tableau.

3o La tête de l'homme adossé au pilier n'est pas la même. De plus, sur la gravure, l'angle du pilier est caché par la jambe gauche de cet homme; sur le tableau, l'angle se trouve entre les deux jambes. L'angle du miroir que porte l'homme debout affleure le coude du personnage de gauche, sur la gravure; il passe derrière le coude, sur le tableau.

4o Le portrait dans la caisse ne ressemble peut-être plus beaucoup à Louis XIV, sur la gravure (j'ai expliqué tout à l'heure que Pater et Aveline étaient cause l'un et l'autre de cette transformation), mais il n'a aucun rapport avec le portrait figuré sur le tableau de Paris. Sur la gravure, c'est une figure d'un dessin très arrêté, plutôt ronde et pleine; sur le tableau, c'est un long visage hâve, fort mal d'aplomb d'ailleurs, et tracé d'un trait rapide sur le fond brunâtre.

5o La tête de la femme est plus ronde et mieux attachée aux épaules, sur la gravure. On voit son profil perdu, la pointe du nez dépasse la joue. Sur le tableau, le nez n'est pas visible.

6o Au gilet de l'homme de droite, il y a deux poches bien marquées sur la gravure. Une des poches manque sur le tableau, celle de gauche (par rapport au personnage).

On pourrait encore relever d'autres différences, mais j'en ai dit assez[1].

Des arguments avancés en faveur du fragment de Paris, il ne reste guère:

1o *Le catalogue Guillaume n'est pas une autorité.*

---

1. Ces différences et quelques autres ont été signalées également par le Dr Seidel dans l'article, que j'ai cité, des *Amtliche Berichte der K. Kunstsamml.* Voir aussi l'article de M. Leprieur dans les *Débats* du 24 avril 1910.

2⁰ *La facture, la construction générale, le détail même des figures et des objets prouvent que le fragment parisien n'a pu faire partie d'un ensemble d'après lequel auraient été exécutées la copie de Pater et la gravure.*

Ces conclusions, vous le remarquerez, sont tout à fait indépendantes de la valeur du tableau de Berlin ; quoiqu'on pense de lui, elles subsistent ; si l'on veut, malgré les raisons qui s'y opposent, qu'il ne soit qu'une réplique ou une copie, il faut admettre que l'original est perdu.

Est-ce à dire que le fragment de la collection de M. Michel-Lévy ne soit pas de Watteau ? Vous me permettrez de ne rien affirmer. Je n'y reconnais pas les caractères de l'art de Watteau à l'extrême fin de sa vie. Mais que ce soit un tableau plus ancien laissé inachevé, quelque chose comme une première pensée de la grande *Enseigne*, cela n'est pas absolument impossible, encore que je ne voie pas à quelle époque le placer. Rien n'est plus divers que la manière de Watteau. J'ai eu l'occasion, à propos de l'exposition de Berlin, de chercher à établir la chronologie de ses œuvres ; j'ai pu me rendre compte très exactement des difficultés de cette tâche. Le développement de Watteau est resserré entre 1709 et 1721, et nous n'avons pour jalonner cette courte carrière que de très rares points de repère. Avec son caractère inquiet, toujours mécontent de ce qu'il faisait, Watteau a dû faire bien des tentatives en sens divers, suivies de retours en arrière et de tentatives nouvelles. On ne saurait être trop circonspect quand il s'agit de lui retirer un tableau.

Je ne vous cacherai pas, néanmoins, que j'ai beaucoup de peine à accepter l'idée de ce tableau esquissé par Watteau et copié plus tard par lui, dans les mêmes dimensions, avec les mêmes couleurs, pour former une moitié de l'*Enseigne* de Gersaint. Je crois bien plutôt que la toile de Paris est une copie, ou le fragment d'une copie, exécutée par un peintre de talent, non pas sur la commande d'un amateur qui aurait souhaité de posséder le double du tableau, — elle est trop inexacte et trop librement peinte, — mais une copie faite pour lui-même, dans un but d'étude : les peintres du XVIIIᵉ siècle ont fait beaucoup de cette sorte de copies[1]. Gersaint et le *Mercure* nous apprennent que l'*Enseigne* avait eu un grand succès, et que « les plus habiles peintres vinrent l'admirer »; rien d'étonnant que quelqu'un ait eu le désir de la copier pour son instruction; rien d'étonnant, non plus, que Glucq, d'abord, ou Julienne, ensuite, se soit prêté à un tel désir. Tout le monde s'accorde à louer la libéralité avec laquelle Julienne usait de sa collection. Il court, d'ailleurs, par le monde plusieurs copies anciennes des *Plaisirs du bal;* les *Plaisirs du bal* appartinrent à Glucq, puis à Julienne; cela prouve qu'ils ne refusaient pas de laisser copier leurs tableaux[2].

Esquisse originale ou copie? La question serait sans doute tranchée si le fragment de la vente Francillon se retrouvait et qu'il apparût comme ayant fait partie du même ensemble que le fragment de la collection Michel-Lévy. On peut, à la rigueur, admettre que Watteau ait peint, un certain temps avant son séjour au *Grand Monarque*, une toile représentant un des groupes de l'*Enseigne*, mais personne ne voudra croire qu'il ait esquissé une première fois, à la grandeur même d'exécution, l'en-

1. Il suffira de rappeler les copies de Fragonard. Déjà Rubens copiait Titien, Rigaud copiait Rembrandt et Van Dyck. La pratique des copies d'étude s'est généralisée au xix⁰ siècle grâce à la création des musées et des galeries publiques.

Il n'y a pas à se dissimuler que des détails comme l'absence d'une des poches au gilet de l'homme à la perruque sont en faveur de l'hypothèse d'une copie. Le fait qu'on ne puisse nommer le copiste ne l'infirme pas : qu'on veuille bien songer au grand nombre d'artistes de talent du xviii⁰ siècle, même célèbres en leur temps, dont nous connaissons à peine les ouvrages.

2. Il est question, on s'en souvient, d'une copie de ce tableau par Pater dans son inventaire après décès; cette copie appartenait à Songis, contrôleur de la marine. Une copie appartint à Blondel de Gagny. J'ai eu l'occasion de mentionner plus haut la copie par Pater qui se trouve à la galerie Wallace. Goncourt cite plusieurs répliques dans son *Catalogue raisonné*, p. 138 et suiv.

semble d'un tableau dont Gersaint nous apprend qu'il fut
en quelque sorte improvisé.

En tout cas, le fragment de Paris n'ayant pu faire
partie de l'original qui a servi à la copie de Pater et à l'estampe, la position du tableau de Berlin reste exactement
ce qu'elle serait si ce fragment n'existait pas. Je ne puis
donc que reprendre à son sujet les conclusions que j'ai
indiquées tout à l'heure. Il a tous les caractères d'un chef-
d'œuvre de Watteau, d'un chef-d'œuvre de la fin de sa vie,
exécuté vite et joyeusement. Il est peint comme la copie de
Pater montre qu'était peinte l'*Enseigne* originale. Il est
d'accord, quant à la construction et aux détails, avec
cette copie et, par suite, avec la gravure. Il n'a contre lui
que l'obscurité qui règne sur un point de son histoire :
le fait contradictoire que ses proportions ne sont pas les
mêmes que celles de l'estampe, tandis que les mesures
inscrites sous cette même estampe concordent avec les
siennes. Mais, vous l'avez vu, ce fait n'est pas inexpli-
cable; je n'y trouve pas une raison suffisante de douter
que le tableau de Berlin soit bien l'original.

Il y a tout lieu de croire que l'*Enseigne* acquise jadis
par Frédéric II est l'*Enseigne* même de Gersaint.

NOGENT-LE-ROTROU, IMPRIMERIE DAUPELEY-GOUVERNEUR

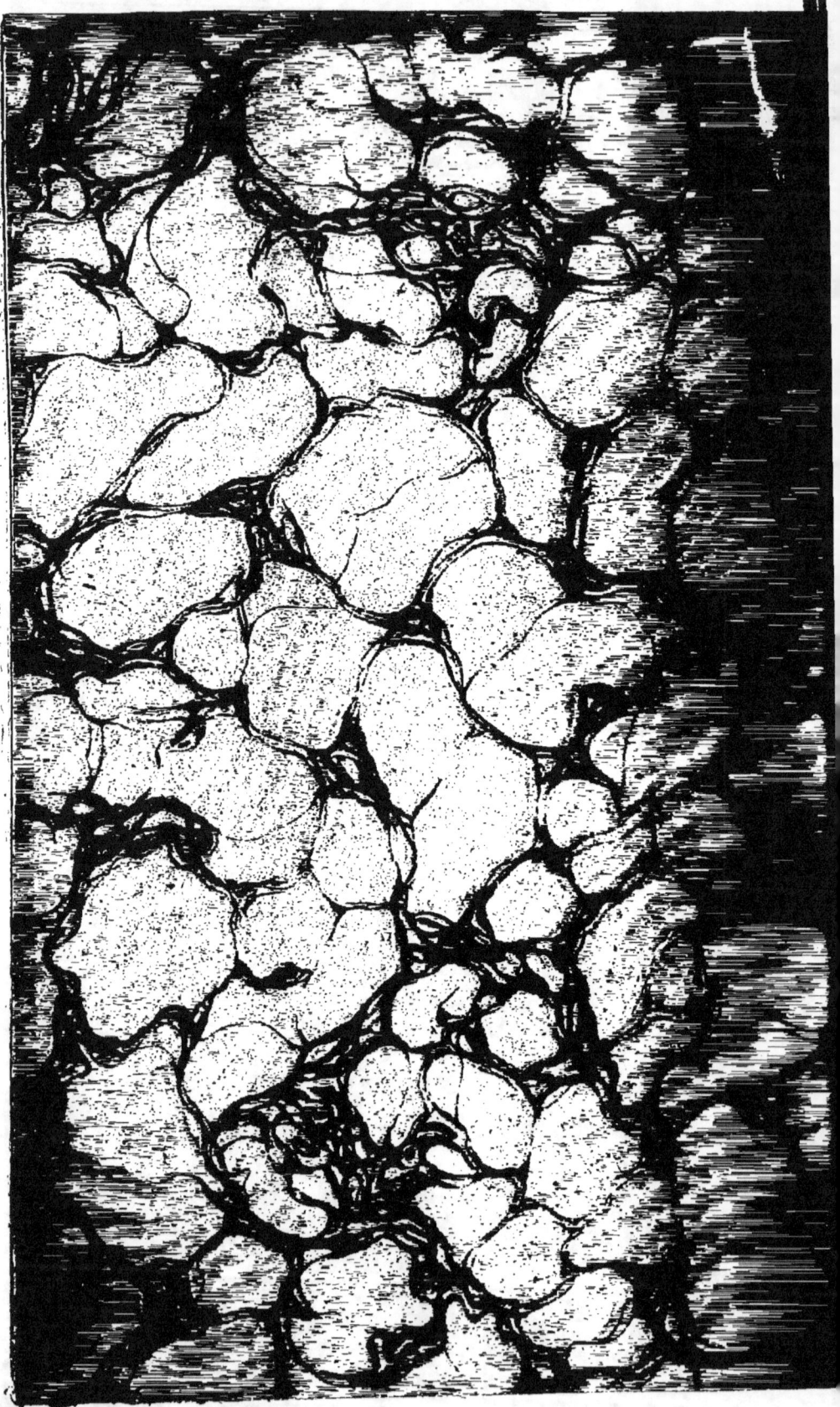

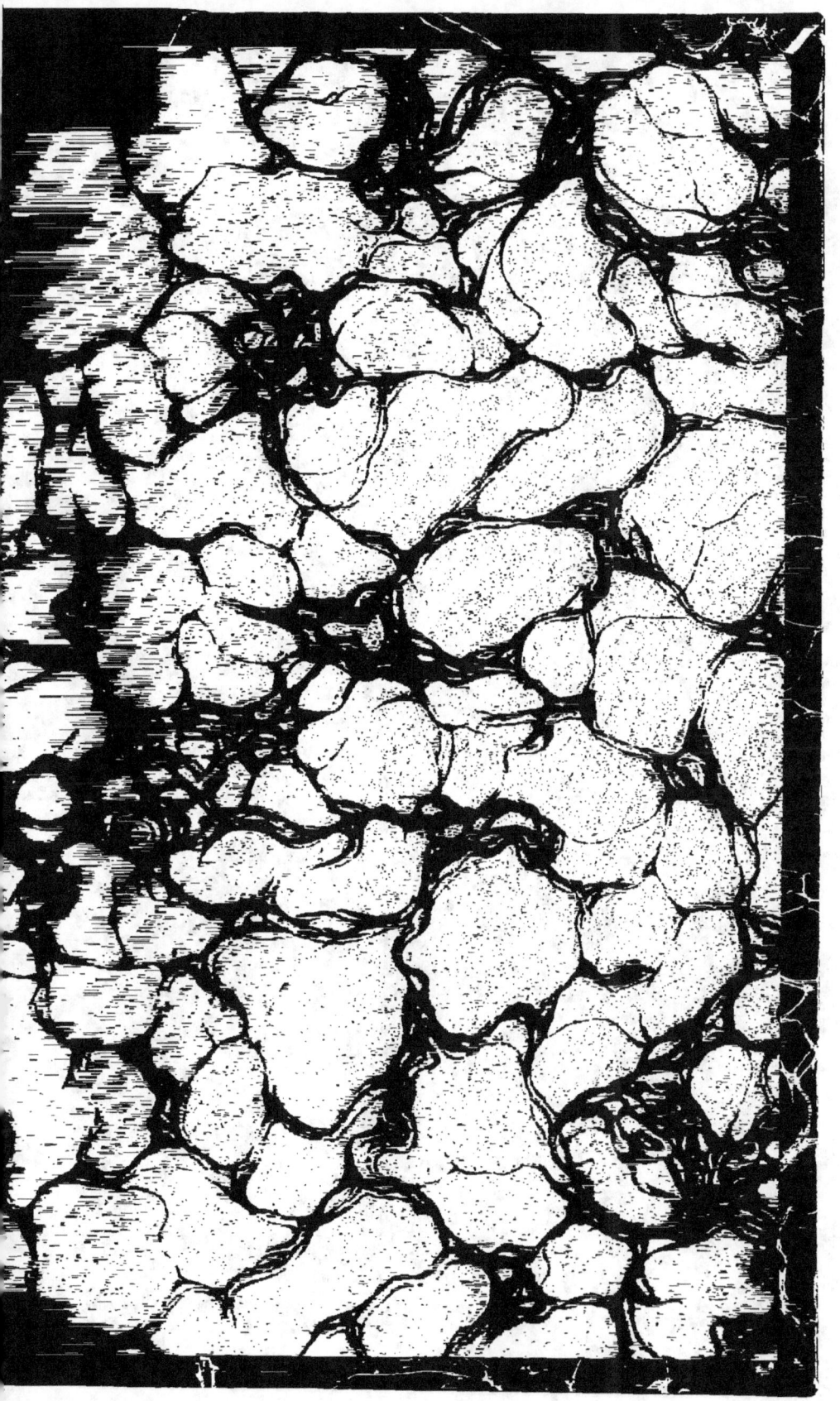

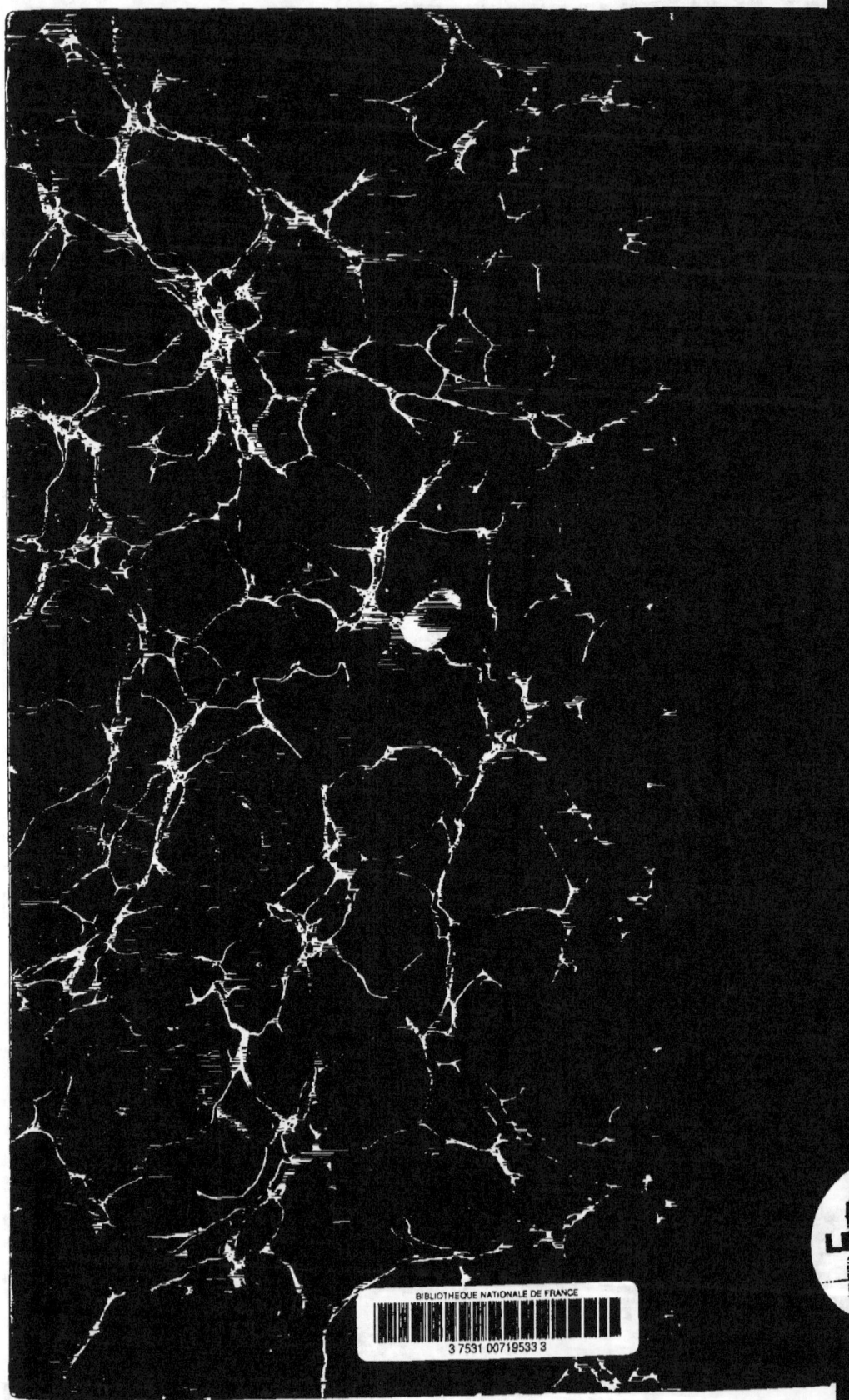